중학생 독후감 필독선 85

중학생이 보는
JULES RENARD

홍당무

쥘 르나르 지음 · 펠릭스 발로통 그림 · 김붕구(전 서울대 교수) 옮김
성낙수(한국교원대 교수) · 임현옥(부여여고 교사) · 이승후(경주 감포중 교사) 엮음

좋은 책 좋은 독자를 만드는―
㈜신원문화사

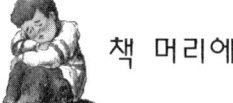 책 머리에

　더 이상 언급할 필요도 없지만 요즘은 독서의 중요성이 더욱 강조되는 시대입니다. 첨단과학으로 이루어진 대중매체 덕분에 눈으로 읽는 것보다는 말초신경을 자극하는 동영상 쪽으로 관심이 모아지는 데 대한 우려 때문일 것입니다. 꿈과 희망을 가지고 자라나는 학생들에게는 올바른 사고력과 분별력을 키워주어야 합니다. 그런 점에서 다른 사람들의 생각과 철학, 인생관과 세계관이 들어 있는 명작들을 많이 읽는 것이야말로 바람직한 학습 효과를 거둘 수 있는 지름길이라 생각합니다.
　명작은 오랜 세월에 걸쳐 많은 사람들이 읽고 크게 감동을 받은 인정된 작품들로서, 청소년들의 삶에 지침이 되어 주고 인생관에 변화를 주게 될 것입니다.
　이번에 중학생들에게 꼭 읽히고 싶은 명작들을 선정하여, 작품을 바르게 감상하고 독후감을 쓰는 데 도움을 주고자 이 시리즈를 기획하게 되었습니다. 작품들은 동서고금에 걸쳐 객관적으로 인정받은, 훌륭한 대상만을 선정하였습니다. 그리고 책의 구성을 다음과 같이 하여, 읽고 쓰는 데 도움이 되도록 하였습니다.

하나, 삶에 대한 지혜와 용기를 주고 중학생이라면 꼭 읽어야 할 명작만을 골랐습니다.

둘, 명작을 읽고 난 후의 솔직한 느낌을 논리적·체계적으로 쓸 수 있도록 중학생들의 독후감 작성에 따르는 부담을 덜어 주도록 구성하였습니다.

셋, 작품 알고 들어가기, 내용 훑어보기, 작품 분석하기, 등장인물 알기를 통해 작품을 분석하는 힘을 기를 수 있도록 하였습니다.

넷, 작가 들여다보기, 시대와 연관짓기, 작품 토론하기 등을 통해 작가의 일생을 알고 시대의 흐름을 파악하여 상상력과 창의력을 키워 주도록 하였습니다.

다섯, 독후감 예시하기와 독후감 제대로 쓰기에서는 책을 읽는 방법과 독후감 모범답안 실례를 제시함으로써 문장력을 길러주는 한편 독후감 쓰기의 충실한 길라잡이가 되도록 했습니다.

아무쪼록 이 책들이 중학생들의 학습 능력 향상에 큰 도움이 되길 빌어 마지 않습니다.

엮은이 성 낙 수

차 례

작품 알고 들어가기 8

■

암탉 10
자고새 14
개가 꿈을 꾼 모양이에요 18
가위눌림 22
좀 뭐한 얘기지만 24
요강 27
토끼 34
곡괭이 36
엽총 38
땅강아지 44
목장 풀 46
술잔 52
빵 조각 56

트럼펫 59
머리카락 62
물놀이 66
오노린 73
냄비 79
시치미 84
아가트 86
일과 91
장님 96
설날 101
가는 길 오는 길 106
펜대 109
붉은 뺨 114
이 사냥 128
브루투스처럼 135

편지 모음 140
헛간 148
고양이 151
양 156
대부 161
샘터 165
살구 169
마틸드 173
금고 179
올챙이 184
극적인 반전 188
사냥에서 191
파리 196
처음 잡은 도요새 199

낚시 바늘 202
은화 208
자기 의견 216
나뭇잎의 폭풍 221
반항 226
마지막 말 231
홍당무 사진첩 239

■

독후감 길라잡이 257

■

독후감 제대로 쓰기 275

중학생이 보는
JULES RENARD
홍당무

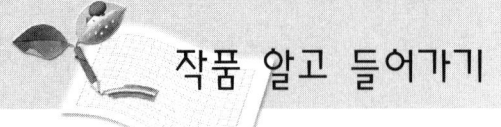

작품 알고 들어가기

  프랑스의 소설가이자 극작가인 쥘 르나르의 소설인 《홍당무》는 1892년에 발표한 작품으로, 원제는 《홍당무 털(Poil de carotte)》입니다.

  이 작품은 49편의 사춘기 소년의 일상을 재미있는 삽화와 함께 스케치 형식으로 그린 것이 특징이며, 평범한 가정의 일상을 통해 가족의 문제와 아이에 대한 무관심과 학대라는 주제를 짧고 간결한 단편들 속에서 자연스럽게 표현해 내고 있습니다.

  《홍당무》는 1900년에 희곡으로 각색되어 큰 성공을 거두었으며 영화로 제작되기도 했습니다.

  이 작품은 작가 쥘 르나르의 자전적 성장 소설이며, 실제 가족 구성원 수도 똑같습니다. '홍당무'라는 별명을 가진 홍당무가 주인공이며, 이 소년이 곧 작가 쥘 르나르입니다.

그럼 주인공 홍당무의 가족 구성원을 알아볼까요? 무뚝뚝하고 말이 별로 없는 아버지, 신경질적이며 냉담한 어머니, 상냥하고 친절하기만 한 누나, 주인공 홍당무와는 달리 집안에서 어머니의 관심을 받으며 자라나 제멋대로이며 동생 홍당무를 괴롭히고 골탕먹이는 형, 그리고 집안에서 소외감을 느끼며 특히 어머니에게 심한 차별 대우와 구박을 받는 홍당무로 구성되어 있습니다.

　홍당무는 가족에게 사랑받지 못하고, 온갖 궂은일을 다 하고, 놀림을 받고, 오해를 받아도 자신의 환경에 좌절하지 않고 꿋꿋하게 견뎌냅니다. 마지막에는 아버지와의 대화를 통해 마음의 문을 열고, 어머니에게 대항해 조금씩 자신의 목소리를 내기 시작합니다.

　자, 그럼 홍당무의 사춘기 시절을 엿보러 갈까요?

암탉

"오노린이 또 닭장 문 닫는 걸 잊었군."

르픽 부인이 말했다.

사실이었다. 창에서 내다보자 그것을 확인할 수 있었다. 넓은 뜰 안쪽에 보이는 조그마한 닭장 지붕 위로 어둠 속에서도 네모난 문이 열려 있는 것이 보였다.

"펠릭스, 네가 좀 가서 닫고 올래?"

르픽 부인은 삼 남매 중 맏아들에게 이렇게 말했다.

"전 닭이나 보살피기 위해 있는 게 아니에요."

창백하고 겁 많게 생긴 펠릭스가 퉁명스럽게 대답했다.

"그럼, 에르네스틴은?"

"아유! 엄마, 전 너무 무서워요!"

펠릭스 형과 에르네스틴 누나는 머리만 한 번 갸웃할 뿐, 고개도 들지 않고 말했다. 그들은 테이블에 이마가 닿을 정도로 팔을 괴고 책 읽는 데만 열중하고 있었다.

"아 참, 내 정신 좀 봐!"

르픽 부인이 다시 말했다.

"깜박 잊고 있었군. 홍당무야, 네가 가서 닫고 오너라!"

그녀는 막내아들에게 홍당무라는 애칭을 붙여 주었는데, 머리카락이 불그스름한데다가 주근깨투성이였기 때문이다. 홍당무는 이 때까지 탁자 밑에서 혼자 놀고 있다가 부스스 일어나 눈치를 살피며 말한다.

"그렇지만 엄마, 저도 무서운걸요."

"뭐라고? 아니, 너처럼 다 큰 애가 무섭긴 뭐가 무섭다고그래! 어서 갔다 오지 못해!"

"홍당무가 염소 만큼이나 겁이 없다는 건 누구나 다 아는 일이잖아."

옆에서 에르네스틴이 끼어들며 한 마디 한다.

"저 애는 무서워하는 게 없지."

펠릭스 형도 맞장구를 친다.

이렇게까지 추어주면 으쓱해질 수밖에 없다. 이런 칭찬을 듣고도 닭장 문을 달으러 가지 않으면 용기가 없는 걸로 보여지기 때문에 홍당무는 명예심과 공포심 사이에서 갈등하기 시작했다.

마지막으로 그의 어머니는 용기를 붙돋아 주기 위해 주먹을 쥐어 보인다.

"그럼, 불이라도 좀 밝혀 주세요."

홍당무는 마지못해 말한다.

르픽 부인은 어깨를 한 번 으쓱할 뿐이었고, 펠릭스는 빈정대듯 씩 웃었다. 그래도 에르네스틴 누나만이 홍당무를 측은히 여겨 촛불을 들고 복도 끝까지 동생을 데려다 주며 말했다.

"나 여기서 기다릴게."

그러나 말이 채 끝나기도 전에 에르네스틴은 무서워서 달아나 버린다. 세찬 바람이 한 번 휘익 불자 촛불이 껌벅껌벅 흔들리다가 꺼져 버렸기 때문이다.

홍당무는 어둠 속에서 우뚝 선 채로 한 발짝도 움직이지 못하고 와들와들 떨기 시작했다. 어찌나 캄캄한지 자신이 장님이 된 것만 같았다. 때때로 바람이 차가운 담요처럼 그를 둘둘 말아 가지고 끌어당기는 것 같다. 여우와 늑대가 와서 그의 손발과 뺨에다가 바람을 불어 대는 게 아닐까 싶었다. 이런 상황에서 가장 좋은 방법은 머리를 앞으로 내밀고 어둠을 뚫고 닭장으로 내달리는 것뿐이다. 홍당무는 더듬거리는 손길로 간신히 문고리를 찾았다. 발자국 소리에 닭들이 놀라 횃대 위에서 꾸꾸거리며 퍼덕거렸다. 홍당무는 닭들에게 야단치듯이 소리쳤다.

"조용히 해, 나야!"

그리고 나서 홍당무는 문을 닫기가 무섭게 팔다리에 날개라도 달린 듯이 달아난다. 훈훈하고 환한 방 안으로 돌아온 그는 연신 숨을 헐떡거린다. 진흙이 묻고 비를 맞아 더러워진 누더기옷을 깨끗한 새 옷으로 갈아입은 듯한 느낌이었다. 그는 빙긋이 미소를 띠고 자랑스러운 듯이 우뚝 서서 칭찬해 주기를 기다렸다. 그리고 집안 식구들 얼굴을 살피며, 자신을 어두컴컴한 밖으로 내보내 놓고 걱정한 기색이라도 찾아 내려고 했다. 그러나 펠릭스 형과 에르네스틴 누나는 조용히 독서를 계속하고 있었고, 르픽 부인은 무덤덤한 목소리로 말했다.

"홍당무야, 이제부터 매일 저녁 네가 닭장 문을 닫아라."

자고새

언제나처럼, 르픽 씨는 오늘도 사냥감이 들어 있는 자루를 탁자 위에 쏟아 놓는다. 자고새 두 마리가 들어 있었다.

펠릭스 형은 벽에 걸린 석판에 그 수효를 기입한다. 이것이 그가 맡은 일이다.

삼 남매가 제각기 맡은 역할이 있다. 에르네스틴은 털을 뽑는 일을 맡았고, 홍당무는 특별히 상처만 입고 아직 죽지 않은 사냥감들의 마지막 숨을 끊어 버리는 일을 맡았다. 홍당무가 이 특권을 맡게 된 것은 온 식구들이 그를 인정머리 없고 무뚝뚝한 성격이라고 생각했기 때문이다.

자고새들이 퍼덕거리며 마구 목을 내휘두른다.

"빨리 죽이지 않고 뭘 하고 있는 거야?"

르픽 부인이 소리친다.

홍당무 엄마, 저도 석판에 기입하는 일이 더 좋아요.
르픽 부인 석판이 그렇게 높은 데 걸려 있는데 네 키로 그걸 어떻게 하겠니?
홍당무 그러면 털 뽑는 일을 할게요.
르픽 부인 그건 남자가 하는 일이 아냐.

홍당무는 할 수 없이 손으로 자고새 두 마리를 잡았다. 엄마는 친절하게도 죽이는 방법까지 설명해 주었다.
"자, 여기를 꽉 잡고 목을 비틀어, 알지?"
홍당무는 한 손에 한 마리씩 쥐고 등 뒤로 손을 돌려 목을 조르기 시작했다.
"한 번에 두 마리를, 세상에나!"
르픽 씨의 말이다.

홍당무 한꺼번에 해치우면 빨리 끝나잖아요.
르픽 부인 괜히 신경질 부리지 마라. 속으론 그 잔인한 짓을 은근히 좋아하잖니.

자고새들은 온몸을 버둥거리며 버텼고, 날갯죽지를 퍼드덕거려서 사방에 털을 날렸다. 어지간해서는 죽을 것 같지 않았다. 한 손으로 한 마리씩 목을 비트는 게 훨씬 쉬울 성싶다.

이번에는 앞으로 가져와 양 무릎 사이에 낀다.

얼굴을 붉으락푸르락 해 가지고 땀을 흘리며 더 힘껏 조였다. 그러면서도 그걸 보지 않으려고 머리를 한껏 위로 쳐들고 있었다.

끈질긴 목숨이었다.

어서 빨리 끝장을 내려고 조바심을 치면서, 이번에는 새의 다리를 붙잡고 자기 구두 코에다 대고 머리를 힘껏 내리쳤다.

"저런! 저 잔인한 놈 같으니라고! 저것 좀 봐!"

펠릭스 형과 에르네스틴 누나가 외친다.

"아주 훌륭한 솜씨구나."

르픽 부인이 칭찬한다.

"가엾은 새들! 내가 저녀석 손에 걸려 저 자고새 신세가 될까 봐 무섭군."

르픽 씨는 오랜 경험을 쌓은 사냥꾼이지만, 그래도 섬뜩해서 그만 나가 버린다.

"자, 됐어요!"

홍당무는 죽은 자고새 두 마리를 탁자 위에 던지며 말했다.

르픽 부인이 그걸 젖혀 보고 엎어 보고 한다. 그 깨진 작은 머리에서 피와 함께 뇌수가 흘러 나왔다.

"이젠 저리 치워 버려야겠다. 징그러운 일은 다 해치운 셈인가?"

르픽 부인이 말한다.

"확실히 그전 솜씨보다 깔끔하지 못했어."

펠릭스 형이 또 한 마디 참견했다.

홍당무

개가 꿈을 꾼 모양이에요

탁자에 놓여 있는 스탠드 불빛 아래에서 르픽 씨는 신문을 보고 에르네스틴 누나는 상으로 받은 책을 읽고 있었다. 르픽 부인은 뜨개질을 하고, 펠릭스 형은 난로 앞에 무릎을 세우고 앉아 불을 쬐고 있었다. 홍당무는 바닥에 앉아 몽상에 잠겨 있었다.

갑자기 방석 위에서 자고 있던 피람이 으르렁댔다.

"쉿!"

르픽 씨가 말했지만 피람은 더한층 으르렁거린다.

"멍청한 개 같으니라고!"

르픽 부인도 한 마디 한다.

그러나 피람이 그치지 않고 계속 요란스럽게 짖어 대자 모두들 놀란다. 르픽 부인은 가슴에 손을 얹었고, 르픽 씨는 이를 악물고

개를 노려보았다. 펠릭스 형은 욕을 퍼부었지만 피람이 쉴새없이 짖고 있었기 때문에 그 목소리는 들리지 않았다.

"이런 더러운 개 같으니라고, 좀 조용히 하지 못해! 닥치라니까, 제발! 이 망할 놈!"

피람은 한층 더 심하게 짖어 댔다. 마침내 더 참지 못하고 르픽 부인이 손바닥으로 개를 때렸다. 르픽 씨는 신문으로 때리다가 발길질을 했다.

개는 맞는 것이 무서워서 배를 납작하게 깔고 코를 바닥에 붙인 채 여전히 낮게 으르렁거렸다. 개가 방석을 물어뜯으며 내는 소리가 마치 미친 개가 짖는 소리 같았다.

르픽 씨네 가족은 화가 치밀어 숨이 막힐 지경이었다. 모두들 개를 향해 서서 노려보고 있었는데 개는 엎드려 있을 뿐이었다.

유리창이 덜거덕거리고, 난로 연통이 흔들렸다. 드디어 에르네스틴 누나까지 이성을 잃고 소리를 질러 댔다.

한편 홍당무는 누가 시키지도 않았는데 부스스 일어나더니 밖을 살펴보러 나갔다. 아마 날품팔이꾼이 밤늦게 집으로 돌아오는 거겠지. 도둑질을 하려고 담장을 뛰어넘는 것이 아니라면 그냥 조용히 돌아가겠지.

홍당무는 두 팔을 앞으로 뻗은 채 캄캄한 복도를 더듬어 나아갔다. 빗장이 손에 닿자 삐걱 소리가 나도록 빗장을 당겼다. 그러나 문을 열지는 않았다.

예전 같으면 홍당무는 상대방이 겁을 먹도록 용감하게 밖으로 나가서 휘파람을 불며 연방 노래를 부르고 발을 쿵쿵거렸을 것이다. 하지만 이번에는 평소와는 다르게 행동했다.

식구들은 그가 용감하게 구석구석을 살피면서 충실한 파수꾼 역할을 한다고 생각했지만, 사실은 그들을 속이고 문 뒤에 착 붙어 가만히 서 있기만 했다.

이러다가 어느 날 반드시 꼬리를 잡히고 말겠지만 아직까지는 홍당무의 꾀가 성공을 거두고 있었다.

재채기나 기침만 나지 않기를 바라며 그는 숨을 죽이고 서 있었다. 눈을 들어 보니 문 위에 나 있는 조그마한 창 밖으로 별이 서넛 빛나고 있었다. 그 맑고 반짝이는 별빛이 가슴에 싸늘하게 스며들었다.

이제는 돌아가야 할 시간이 되었다.

또 한 번, 그는 연약한 손으로 묵직한 빗장을 흔들어 댔다. 녹이 슨 빗장을 삐걱 소리가 나도록 끝까지 밀어 꽂았다. 이 소리를 들으면, 식구들은 자신이 멀리까지 살피러 갔다 온 줄로 알 테지!

왠지 등골이 간지러운 느낌이었다.

홍당무는 가족을 안심시키려고 재빨리 달려갔다.

그런데 홍당무가 밖에 나가 있는 동안 피람이 다시 잠잠해졌기 때문에 안심한 식구들은 자신이 하던 일을 계속하고 있었다.

아무도 그에게 물어 보지 않았지만, 그래도 홍당무는 늘 하던 대로 말했다.

"개가 꿈을 꾼 모양이에요."

홍당무

가위눌림

   홍당무는 집에 놀러 와서 자고 가는 손님들이 싫었다. 손님들이 오면 귀찮을 뿐만 아니라 제 침대를 내주어야 하고, 어머니와 같이 자야 했기 때문이다.
   홍당무는 낮에도 결점투성이였지만, 밤에는 코를 고는 결점이 있었다. 물론 일부러 코를 고는 것은 절대 아니다.
   팔월인데도 싸늘함이 감도는 넓은 방에는 침대가 두 개 놓여 있었다. 하나는 르픽 씨 것이고, 다른 하나는 홍당무가 엄마 옆에서 벽 쪽으로 바싹 붙어서 자야 하는 침대였다.
   잠들기 전에 간질거리는 목을 시원하게 하려고 이불을 뒤집어 쓰고 잔기침을 한차례 해 보았다. 그러다가 문득 코를 고는 건 아마 코가 막혔기 때문이 아닐까? 하는 의문이 들었다.

홍당무는 코가 막히지 않았다는 것을 확인하려고 가만히 콧구멍으로 숨을 내쉬어 보았다. 너무 코를 심하게 골지 않으려고 연습하는 것이었다.

그러나 잠이 들기가 무섭게 코를 골기 시작했다. 정말 골칫덩어리다. 그러자 곧 르픽 부인이 그의 엉덩이의 가장 살찐 곳을 피가 날 만큼 세게 꼬집어 뜯었다.

홍당무가 악 하고 소리를 지르는 바람에 르픽 씨가 잠에서 깨어나 물었다.

"왜 그러는 거냐?"

"애가 가위눌렸나 봐요."

르픽 부인은 이렇게 대답하고 어린애를 재우려는 듯이 인도의 자장가 같은 곡조를 콧노래로 부르기 시작했다.

홍당무는 마치 벽이라도 뚫으려는 것처럼 계속 이마와 무릎을 벽에다 바싹 붙이고, 언제든지 코를 고는 소리가 나기만 하면 달려올 그 손톱을 미리 막을 셈으로 손을 엉덩이에 대고 큰 침대 안에서 엄마 곁에 누워서 다시 잠이 들었다.

좀 뭐한 얘기지만

이 이야기를 해도 좋을까? 해야 할까 말아야 할까?

다른 아이들은 몸과 마음을 깨끗이 하고 영성체받을 준비를 할 나이건만 홍당무는 소변을 가리지 못했다.

어느 날 밤은 끝내 말을 못 하고 너무 오래 참은 것이 화근이었다. 몸을 비비꼬면 참을 수 있을 거라고 생각했던 것이다. 참 무모한 생각이었지!

또 어느 날 밤은 구석진 곳의 말뚝 앞에 아주 기분 좋게 서 있는 꿈을 꾸었다. 결국 아무 거리낌없이 편안히 자면서 아주 넉살 좋게 담요에다 일을 저지르고 말았다.

홍당무는 깜짝 놀라 잠에서 깼다.

그런데 이게 어떻게 된 일인가? 옆에 있어야 할 말뚝이 보이지 않았다.

평소와 달리 르픽 부인은 화를 내지 않고 대신 침착하고 인자한 표정을 지으며 너그럽게 이불 빨래를 해 주었다. 그뿐인가, 그 다음 날 아침에 홍당무는 귀공자처럼 침대 위에서 아침을 먹었다.

그렇다. 엄마가 수프를, 특별히 조리한 수프를 침대까지 갖다 주었다. 그 수프는 르픽 부인이 나무 주걱으로 '그것'을 약간, 아주 약간 타서 만든 것이었다.

머리맡에서는 펠릭스 형과 에르네스틴 누나가 얄궂은 표정으로 그를 쳐다보고 있었다. 무슨 신호만 있으면 와 하고 웃음을 터뜨릴 기세였다. 르픽 부인은 조그만 숟가락, 아주 작은 숟가락으로 어미새가 입으로 먹이를 물어 새끼에게 먹이듯이 막내아들의 입에 떠먹여 주면서 펠릭스 형과 에르네스틴 누나에게 이렇게 곁눈질로 말했다.

'자! 준비하렴!'

'알았어요, 엄마.'

그들은 벌써부터 홍당무의 표정을 상상하며 즐기고 있었다. 할 수만 있다면 이웃이라도 초대했을 것이다. 드디어 르픽 부인이 형과 누나에게 마지막 눈짓을 보냈다.

'자, 준비는 다 됐지?'

르픽 부인은 천천히 마지막 한 숟가락을 가득 떠 한껏 벌리고 있는 홍당무의 입에다 넣어 주고 나서는, 역겹다는 듯이 비웃으며 말했다.

"에이! 이 더러운 것아, 넌 그걸 먹었구나, 그걸 먹었어, 그것도 제 것을, 간밤에 싼 것을."

"내 그럴 줄 알았지."

홍당무는 심드렁히 대답할 뿐 그들이 기대한 것처럼 얼굴을 찌푸리지는 않았다.

이제 이런 일에는 익숙했다. 무슨 일이든 익숙해지면, 더 이상 놀라울 것도 우스울 것도 없는 법이다.

요강

1

자다가 이불에 지도를 그려 혼난 일이 한두 번이 아니어서, 홍당무는 매일 저녁 미리 볼일을 보아 두었다.

그래도 여름에는 좀 수월했다. 아홉 시에 르픽 부인이 가서 자라고 하면 홍당무는 밖에 나가 한 바퀴 돌고 왔다. 그러고 나면 아무 일 없이 밤에 잘 수가 있었다.

그런데 겨울에는 산책을 하는 게 고역이었다. 어두워지고 닭장 문을 닫고 나서 볼일을 한 번 봐도 소용 없었다. 화장실 한 번 갔다 온 걸로는 다음 날 아침까지 충분하지 않았다. 저녁을 먹고 시간을 보내다 보면 아홉 시, 벌써 밤이 한창 깊었다. 그런데 밤은 아직도 한없이 계속될 것처럼 길기만 했다. 불가피하게 홍당무는 두 번째 예방을 해야 했다.

그리고 홍당무는 오늘 저녁에도 여느 때처럼 스스로에게 물었다.

'내가 지금 마려운 건가, 마렵지 않은 건가?'

정말 참을 수 없거나 환한 달빛이 용기를 줄 때는, 보통 '마렵다.'라는 대답이 나왔다. 때로는 르픽 씨와 펠릭스 형이 그에게 본을 보여 주기도 했다. 예를 들면 반드시 들 한복판에 있는 길가의 웅덩이까지 가서 볼일을 볼 필요는 없었다. 그 때는 그저 집 계단 밑에서 해결하면 되었다. 그건 그때 그때 상황에 따라 달랐다.

그런데 오늘 밤은 억수 같은 비가 유리창을 때렸고, 별도 보이지 않았으며, 바람 때문에 들에 서 있는 밤나무들이 미친 듯이 흔들리는, 참 무시무시한 밤이었다.

홍당무는 곰곰이 생각한 끝에 이렇게 결론을 내렸다.

"괜찮을 거야. 마렵지도 않은데 뭐."

홍당무는 가족들에게 저녁 인사를 하고 촛불을 켜 들고 복도 맨 끝 오른쪽에 있는 자기 방으로 갔다. 텅 비고 쓸쓸한 방이었다. 옷을 벗고 침대에 누워 르픽 부인이 오기를 기다렸다. 르픽 부인은 이불깃을 끌어당겨서 침대 가장자리에 꼭꼭 집어 넣고는 촛불을 꺼 버렸다. 초는 항상 남겨 두지만 성냥을 남겨 두는 일은 없었다. 그리고 홍당무가 무서워하는 것을 핑계삼아 밖에서 문을 잠가 버렸다.

홍당무는 우선 혼자 있게 된 기쁨을 맛보았다. 그는 어둠 속에서 공상하는 것을 무척 좋아했다.

그 날 하루 일을 다시 떠올려 보았다. 아슬아슬한 순간을 몇 번이나 무사히 넘긴 것을 자축하며, 다음 날도 오늘처럼 운이 좋기를 기도했다. 그는 이틀이나 르픽 부인의 주의를 끌지 않고 평온히 지나갔다는 사실에 굉장히 기분이 좋았다. 홍당무는 이 흐뭇한 생각과 더불어 잠들려 애썼다.

그러나 눈을 감기가 무섭게 또 여느 때처럼 불쾌감이 느껴졌다.

'꼭 이런다니까.'

홍당무는 혼자 중얼거렸다.

다른 아이들 같으면 곧 일어났을 것이다. 그렇지만 그는 침대 밑에 요강이 없다는 걸 잘 알았다. 르픽 부인은 그렇지 않다고 우기겠지만, 그녀는 늘 요강을 갖다 놓는 걸 잊어버렸다.

그뿐 아니라, 홍당무가 스스로 조심을 하는데 요강이 왜 필요하냐고 주장하곤 했다.

홍당무는 선뜻 일어나는 대신에 핑곗거리를 찾았다.

'어차피 실수는 하게 돼 있어. 그리고 참으면 참을수록 점점 더 소변이 마려워지는걸. 차라리 당장 싸 버리면 조금밖에 안 나올 테니까 밤새 내 체온으로 말릴 수 있을 거야. 그 동안의 경험에

비춰 보면 내일 아침에 엄마가 봐도 지도를 못 알아볼 게 분명해.'

마음이 편해진 홍당무는 안심하고 다시 쿨쿨 자기 시작했다.

2

홍당무는 깜짝 놀라 잠을 깨어 자기 아랫배를 살펴보았다.

"어쩌지, 이거 참 난감한데!"

조금 전만 해도 괜찮을 것 같았다. 어쩐지 너무 운이 좋다고 생각했는데, 아니나다를까 결국 저녁에 게으름을 피운 대가를 치러야 할 때가 다가왔다.

침대에서 일어나 앉아 곰곰이 궁리해 보았다. 방문은 잠겨 있었고, 창문에는 창살이 달려 있어서 빠져 나갈 방법이 전혀 없었다. 어쨌든 일어나서 방문과 창살을 흔들어 보았다.

바닥에 무릎을 꿇고 엎드려서 침대 밑으로 손을 넣고는 없는 줄뻔히 아는 요강을 찾아보기도 했다.

잠자리에 다시 누웠다. 그러나 곧 다시 일어났다. 자는 것보다 움직이거나 걷거나 발을 동동 구르는 편이 훨씬 나았다. 홍당무는 점점 부풀어 오르는 아랫배를 두 손으로 감싸쥐고 꾹 눌렀다.

"엄마…… 엄마!"

솔직히 엄마 귀에 들릴까 봐 두려워하면서 맥없는 소리로 불렀다. 왜냐하면 르픽 부인이 나타나기만 하면, 언제 그랬냐는 듯이 소변이 쑥 들어가 마렵지 않았기 때문이다. 그렇게 되면 그는 엄마를 놀리는 셈이 되었다.

그는 단지 내일 아침에 자신이 엄마를 불렀다는 사실을 떳떳이 증명하고 싶은 것뿐이었다.

하긴 발등에 떨어진 불을 끄는 데 온 힘을 집중해서 소리를 지를 기력도 없었다.

이제는 아예 최고조에 달한 고통 때문에 홍당무는 춤추듯 돌아다녔다. 그는 자신의 몸을 벽에 부딪치고 튕겨져 나와 또 침대 틀에도 부딪쳤다. 그러다가 의자에 부딪쳤다가 다시 벽난로에 부딪쳤다. 마침내 벽난로 뚜껑을 열어젖히고 몸을 비비 꼬다가 더 이상 참지 못하고 장작 받침대 위에다 쌌다. 더할 나위 없는 행복이 밀려들었다.

방 안의 어둠은 더욱 짙어졌다.

3

홍당무는 새벽녘이 돼서야 잠이 들었다. 그 탓에 늦잠을 자고 말았다. 이윽고 르픽 부인이 방문을 열고 들어와 마치 무슨 냄새를 맡으려는 듯이 코를 킁킁거리면서 얼굴을 찌푸렸다.

"아니, 이게 무슨 냄새야!"

"엄마, 안녕히 주무셨어요."

르픽 부인은 홍당무의 인사를 듣지도 않고 방 구석구석 냄새를 맡아 보더니 담요를 걷어 젖혔다. 진원지를 발견하기까지는 그리 오랜 시간이 필요하지 않았다.

"배가 아픈데다가 요강도 없었는걸요."

홍당무는 재빨리 변명했다. 그것이 제일 좋은 방법이라고 생각했기 때문이다.

"이런 거짓말쟁이 같으니라고!"

르픽 부인은 소리치며 나가더니 어느 틈에 요강을 감춰 가지고 들어와서는 재빠르게 침대 밑에 슬쩍 넣었다. 그런 다음 서 있는 홍당무를 넘어뜨리고 온 집안 식구들을 소리쳐 부른 후 하소연하기 시작했다.

"아이구─, 도대체 내가 전생에 무슨 죄를 저질렀기에 저런 애를 낳았을까!"

그러고 나서는 걸레를 가져오고, 물통을 들여오고, 야단법석을 떨며 마치 불이라도 끄는 것처럼 벽난로에 물을 퍼부었다. 그리고 바쁘게 이불과 베개를 털면서 숨이 막힌다고 투덜거렸다.

그러고는 홍당무의 코에 닿을 정도로 얼굴을 바싹 갖다 대고 한바탕 잔소리를 늘어놓는다.

"이 바보 같은 놈아, 정신을 어디다 두고 다니는 거야! 이젠 아예 정신이 나갔구나! 개라도 요강을 주면 거기다 소변을 볼 텐데. 그런데 너는 벽난로 속에 쌀 생각을 하다니! 정말이지 너 때문에 내가 못살겠다. 내가 미쳐 죽지, 미쳐 죽어!"

홍당무는 속옷만 입고 맨발인 채로 서서 요강을 원망스러운 듯이 바라보았다. 간밤에는 분명히 없었는데 지금은 거기, 침대 밑에 딱 놓여 있었다. 그 깨끗하고 반지르르한 빈 요강을 보니 눈앞이 캄캄해졌다. 만일 여기서 정말 아무것도 못 보았노라고 우긴다면, 뻔뻔스러운 놈이라는 소리까지 듣고 얻어맞을 게 분명했다.

생각이 거기에 미치자, 기가 막힌다는 표정으로 서 있는 가족과 자신을 비웃으며 늘어서 있는 이웃 사람들과 우편 배달부 아저씨가 보였다. 그들은 홍당무에게 이것저것 귀찮게 묻기 시작했다. 홍당무는 요강만 바라보다가 내뱉듯 말했다.

"정말이에요! 난 무슨 영문인지 모르겠어요. 마음대로들 생각하세요."

토끼

"이제부터 넌 수박을 먹을 수 없어."

르픽 부인이 말했다.

"하기야 넌 날 닮아서 수박은 좋아하질 않으니까."

'그렇게 생각하시는 게 편하시겠죠.'

홍당무는 속으로 중얼거렸다.

좋아하고 좋아하지 않는 것도 이처럼 다른 사람 마음대로 정해졌다. 어머니가 좋아하는 것만 좋아해야 했다.

"치즈가 나와도, 틀림없이 홍당무는 먹지 않을걸."

르픽 부인이 또 자기 생각대로 말했다.

그러면 홍당무는 이렇게 생각했다.

'엄마 생각이 그렇다면 먹어 볼 필요도 없겠지.'

그뿐 아니라, 엄마 말을 듣지 않고 섣불리 먹으려다가는 큰코다치기가 일쑤였다. 하지만 홍당무는 자신만이 알고 있는 비밀 장소에서 엉뚱한 방법으로 먹고 싶은 음식에 대한 욕구를 채울 수 있었다. 후식으로 과일이 나오자 르픽 부인이 심부름을 시켰다.

"이 멜론 껍질을 토끼에게 갖다 주거라."

홍당무는 멜론 껍질을 떨어뜨리지 않기 위해 접시를 반듯하게 받쳐 들고 조심조심 심부름을 갔다.

토끼장으로 들어서자 토끼들이 장난꾸러기들처럼, 긴 귀를 귀 밑까지 늘어뜨리고 코를 앞으로 내밀고, 북이라도 치려는 듯 앞발을 내밀고 홍당무 주위로 모여들었다.

"잠깐! 좀 기다려. 나랑도 같이 나눠 먹자."

홍당무는 우선 토끼똥, 뿌리까지 갉아먹는 쑥갓, 양배추 속, 접시꽃잎 등이 너저분하게 쌓인 곳에 자리를 잡고 토끼에겐 씨를 털어 주고 자기는 멜론 껍질에서 즙을 빨아먹었다. 달콤한 포도주처럼 맛있었다.

그 다음엔 식구들이 먹다 남긴 달콤하고 노란 살을 모조리 갉아먹었다. 멜론이 입 안에서 살살 녹았다. 갉아먹고 남은 파란 껍질은 쪼그리고 앉아 있는 토끼들에게 던져 주었다.

토끼장 문은 꼭 닫혀 있었다. 모두 낮잠 잘 시간, 햇살이 지붕 틈 사이로 스며 들어와 서늘한 토끼장 안에 한 줄기 빛을 던지고 있었다.

곡괭이

홍당무가 펠릭스 형과 나란히 서서 일을 하고 있었다. 둘은 각자 손에 곡괭이를 들고 있었다. 펠릭스 형의 곡괭이는 특별히 대장간에 주문해서 맞춘 쇠로 만든 것이었다. 홍당무의 곡괭이는 집에서 나무로 손수 만든 것이었다.

그들은 지금 정원을 손질하고 있었다. 둘은 경쟁이라도 하듯이 일을 빨리빨리 해치웠다. 그런데 갑자기 전혀 예기치 못했던 순간에 ― 언제나 불행이 닥쳐오는 건 바로 그런 순간이다. ― 형의 곡괭이가 직통으로 홍당무의 이마 위로 떨어졌다. 그러나 잠시 후 침대로 옮겨져서 조심스럽게 눕혀진 사람은 펠릭스 형이었다. 그는 홍당무의 이마에서 흐르는 피를 보고 깜짝 놀라 그만 기절하고 만 것이다.

온 집안 식구가 모여 침대를 에워싸고 발뒤꿈치를 세우고 들여다보며 걱정스러워 한숨을 내쉬었다.

"소금이 어디 있었지?"

"물을 좀, 머리를 축여 줘야지."

홍당무는 의자 위로 올라가 식구들 어깨 너머로 형을 들여다보았다. 홍당무는 이마를 헝겊으로 감았는데, 벌써 새빨간 피로 물들어 있었다.

르픽 씨가 홍당무를 보고 한 마디 던졌다.

"제대로 한 방 얻어맞았구나!"

홍당무 이마에 붕대를 감아 준 에르네스틴 누나가 말했다.

"아유, 버터에 손가락을 쿡 찌른 자리처럼 구멍이 뻥 뚫렸어요."

홍당무는 자신이 울어도 아무 소용 없다는 걸 잘 알고 있었기 때문에 울지도 않았다.

잠시 후 펠릭스 형이 한 쪽 눈을 뜨더니 곧 다른 한 쪽 눈도 떴다. 단지 겁이 났을 뿐이지 별일은 아니었다.

얼굴에 차차 핏기가 돌아오자 가족들의 가슴에도 불안과 공포감이 사라졌다.

"글쎄, 밤낮 이 모양이라니까!"

르픽 부인은 애꿎은 홍당무에게 야단을 쳤다.

"정신 좀 똑바로 차리고, 조심 좀 해, 이 바보야!"

엽총

르픽 씨가 두 아들에게 타이르며 말했다.

"둘이서 총 하나면 충분하단다. 형제란 모든 걸 의좋게 나눠 써야 하는 법이야."

"알았어요, 아빠."

펠릭스 형이 대답했다.

"그 총을 나눠 쓸게요. 그리고 뭐 홍당무가 이따금 빌려만 주면 난 그만이야."

그 말에 홍당무는 아무 말도 하지 않았다. 형의 말을 믿을 수 없었기 때문이다.

르픽 씨는 푸른 자루 속에서 엽총을 꺼내 들고 물었다.

"누가 먼저 메고 가겠니? 그야 형이 먼저겠지."

펠릭스 형 제가 홍당무에게 양보할게요. 쟤 먼저 메라고 하세요!

르픽 씨 펠릭스, 오늘 아침엔 아주 친절하구나. 기억해 두마.

르픽 씨는 엽총을 홍당무 어깨에 메어 주었다.

르픽 씨 자, 얘들아, 가서 놀아라. 싸우지 말고 놀아.

홍당무 사냥개도 데리고 갈까요?

르픽 씨 그럴 필요 없어. 둘이 번갈아 사냥개 노릇을 하면 되니까. 그리고 너희들 같은 훌륭한 사냥꾼은 사냥감에게 상처만 입히진 않을 거야. 단번에 죽이게 돼 있거든.

홍당무와 펠릭스는 사냥을 떠났다.

그들은 평소에 입던 대로 간편한 옷차림을 했다. 장화를 신지 않은 것이 아쉬울 뿐이었다.

그렇지만 르픽 씨는 "진짜 사냥꾼에게는 장화 같은 건 중요하지 않아."라고 늘 말하지 않았는가! 진짜 사냥꾼은 바지를 발뒤꿈치까지 늘어뜨려 질질 끌고 다닐지언정 절대로 바짓단을 걷어올리지 않는다.

바지 자락을 끌고 진흙탕이든 갈아엎어 놓은 논밭이든 주저하지 않고 막 돌아다니느라면 얼마 안 가서 저절로 장화가 된다는 애기다. 즉 진흙이 바지에 묻은 후 딱딱하게 굳으면 천연 장화, 그것도 무릎까지 올라오는 장화가 된다는 것이다. 하녀는 이 장화를 각별히 소중하게 다루도록 르픽 씨에게 분부를 받고 있는 터였다.

"적어도 네가 빈손으로 돌아오는 일은 없을 거야."

펠릭스 형이 넘겨짚어 말했다.

"나도 그랬으면 좋겠어."

홍당무가 말했다.

홍당무는 아직 어깨가 넓지 못해서 총이 몸에 붙어 있질 않고 계속 흘러내려 불편했다.

"네게 총을 맡겨 둘 테니 실컷 메고 다녀!"

펠릭스 형이 말했다.

"과연 내 형이야."

곧바로 홍당무의 대답이 이어졌다.

참새 한 무리가 날아올랐다.

홍당무는 걸음을 멈추고 형에게 움직이지 말라는 신호를 보냈다. 참새들은 이 덤불에서 저 덤불로 옮겨 날아다녔다. 두 사냥꾼은 자고 있는 참새를 방해하지 않으려는 듯이 허리를 잔뜩 구부리고 살금살금 다가갔다. 참새들은 한곳에 가만히 있지 못하고 짹짹거리면서 금세 다른 곳으로 날아가 앉았다.

두 사냥꾼은 다시 몸을 일으켰다. 펠릭스 형은 발끈해서 욕을 피부었다. 홍당무는 가슴이 두근거리기는 했지만 형만큼 속이 타지는 않았다. 오히려 홍당무는 자신의 실력을 증명할 순간이 다가오는 것이 두려웠다.

만일 잘못 쏜다면! 그 순간이 미뤄질 때마다 마음이 놓였다. 그런데 이번에는 참새들이 홍당무를 기다리고 있는 것 같았다.

펠릭스 형 쏘지 마, 아직 너무 멀어.

홍당무 그래?

펠릭스 형 물론이지! 이렇게 엎드려 있어서 사물이 바로 앞에 있는 것처럼 보이는 거야. 하지만 실제로는 상당히 멀리 떨어져 있어.

펠릭스 형은 자기 말이 옳다는 걸 증명하기 위해 불쑥 고개를 들었다. 참새들은 깜짝 놀라 푸르릉 날아가 버렸다. 그런데 그 중 한 놈이 가지 끝에 그대로 남아 있었다. 휘어진 나뭇가지 위에서 참새가 흔들리고 있었다. 꼬리를 흔들고, 머리를 갸웃거리며 정면으로 가슴을 내밀고 있었다.

홍당무 정말, 저거야 못 쏘려고! 문제 없지.

펠릭스 형 어디 좀 보자. 정말이네……. 좋아. 빨리 그 총을 줘.

순식간에 홍당무는 총을 빼앗기고 빈손으로 멍하니 입을 벌리고 있을 뿐이었다. 지금 자기 대신 펠릭스 형이 참새를 겨냥해 총을 쏘았다.

참새가 툭 떨어졌다. 마치 무슨 재주를 보는 것 같았다. 조금 전까지만 해도 홍당무 자신이 총을 가지고 있었다. 그런데 형이 다짜고짜로 빼앗아 갔다. 하지만 그 총이 어느 틈에 다시 자기에게 돌아와 있었다. 펠릭스 형이 참새를 명중시키자마자 홍당무에게 총을 내던져 주고는 사냥개처럼 참새를 주우러 부리나케 달려가 버린 것이다. 그리고 하는 말이,

"왜 그렇게 우물쭈물해! 좀 서둘러."

홍당무 서두르기 싫어. 천천히 갈래.

펠릭스 형 흥, 왜 또 볼멘 소리야!

홍당무 쳇, 그럼 지금 노래라도 부르란 말이야?

펠릭스 형 어쨌든 참새를 잡았잖아? 놓치는 것보다는 낫잖아? 놓쳤을 때를 생각해 봐.

홍당무 그렇지만, 내가…….

펠릭스 형 네가 잡았든 내가 잡았든 똑같아. 오늘은 내가 쐈으니 내일은 네가 쏘면 되잖아.

홍당무 흥! 내일이라고?

펠릭스 형 내가 약속할게.

홍당무 그걸 어떻게 믿어? 약속을 지키는지 안 지키는지는 그 날이 돼 봐야 알지.

펠릭스 형 안 지키면 내가 니 동생할게, 그럼 되겠어?

홍당무 그럼, 일단 믿어 볼게……. 하지만, 한 마리 더 잡자. 이번엔 내가 해 볼게.

펠릭스 형 아냐, 오늘은 이미 시간이 늦었어. 그만 돌아가자. 엄마한테 이걸로 요리해 달래야지. 이거 너 줄게. 주머니 안에 넣어. 부리는 밖으로 나오게 하고.

두 사냥꾼은 집으로 돌아가는 길에 농부를 만났는데, 다들 그들에게 인사를 하면서 이렇게 농담을 던졌다.

"얘들아, 설마 아버지를 쏜 건 아니겠지?"

홍당무는 우쭐해져서 원망하는 마음이 싹 가셨다. 형제는 다시 의좋게 의기양양해서 집에 도착했다.

르픽 씨는 그들을 보자 놀라며 말했다.

"아니, 홍당무야, 네가 아직도 총을 메고 있구나! 그럼, 네가 여태껏 메고 다녔니?"

"거의 그랬죠."

홍당무가 대답했다.

땅강아지

홍당무는 길을 가다가 굴뚝 청소부처럼 새까만 땅강아지를 발견했다. 그는 땅강아지를 실컷 가지고 놀다가 죽이기로 작정했다. 홍당무는 땅강아지가 돌멩이 위에 떨어지도록 몇 번씩이나 공중으로 내던졌다.

처음에는 일이 순조롭게 진행되는 것 같았다.

땅강아지는 다리가 부러지고 머리가 터지고 등이 으스러져 곧 죽을 것 같았기 때문이다. 그런데 참 기막힌 노릇이었다. 땅강아지는 쉽사리 죽지 않았다. 계속해서 지붕 위까지, 하늘 꼭대기까지 높이 던져도 죽을 기미가 안 보이는 것이었다.

"앗, 이녀석이 아직도 안 죽네!"

홍당무가 중얼거렸다.

사실, 땅강아지는 피투성이가 되어 돌 위에 달라붙어 있었다. 번지르르한 배가 젤리처럼 꿈틀거리고 있었다. 그 모습 때문에 땅강아지가 아직 살아 있는 것 같은 착각을 불러일으켰던 것이다.

"아니, 이런 질긴 녀석 같으니라고!"

홍당무는 제 마음대로 안 되는 게 화가 나서 소리를 질렀다.

"아직도 안 죽었구나."

홍당무는 다시 땅강아지를 주워 들고 욕을 퍼붓더니 이번엔 다른 방법을 썼다. 얼굴은 빨갛게 달아올라 있었고, 두 눈엔 눈물이 맺혀 있었다. 홍당무는 땅강아지 위에 침을 뱉은 후 힘껏 돌에다 내동댕이쳤다.

그러나 상처투성이인 배는 여전히 움찔움찔했다. 홍당무가 화가 나서 내리치면 칠수록 땅강아지는 죽지 않고 버티려는 것 같았다.

목장 풀

홍당무와 펠릭스 형은 오후 미사를 마치고 서둘러 집으로 돌아왔다. 오후 네 시가 간식 시간이기 때문이다.

펠릭스 형은 버터와 잼을 바른 빵 한 덩어리를 먹게 되겠지만, 홍당무는 아무것도 바르지 않은 빵을 먹게 될 것이다. 이유인즉 홍당무가 마치 자신이 어른인 양, 먹보가 아니라고 가족들에게 선언을 했기 때문이다. 홍당무는 무엇이든 자연 그대로인 것을 좋아했기 때문에, 평소에도 아무것도 안 바른 빵을 맛있게 먹었다.

홍당무는 오늘 오후에도 펠릭스 형보다 먼저 간식을 먹기 위해 빨리 걸었다.

아무것도 바르지 않은 빵은 때로는 좀 딱딱했다. 그럴 때면 홍당무는 적을 공격하는 군인처럼 달려들어 그것을 손에 꽉 쥐고 부스러뜨리면서 뜯어 먹었다. 그리곤 빵 부스러기로 사방을 어지럽혀 놓았다.

그럴 때마다 식구들은 둘러앉아 그를 신기한 듯이 구경했다.

식구들은 게걸스럽게 먹는 그의 모습을 봐서는 돌멩이나 구 년 묵은 동전이라도 소화시킬 수 있을 거라고 생각했다. 홍당무는 아주 먹성이 좋았다.

홍당무는 현관 앞에서 문고리를 잡아당겼다. 그러나 문은 잠겨 있었다.

"아빠도 엄마도 안 계신가 봐. 형 발로 차 봐, 좀."

홍당무가 형에게 말했다.

펠릭스 형은 마구 욕을 하며 못이 쭉 박혀 있는 그 육중한 문에 몸을 던졌다. 한참을 퉁탕거려 봤지만 소리만 요란했다. 그 다음에는 둘이 힘을 합해, 어깨로 밀쳐 봤으나 소용이 없었다.

홍당무 정말 안 계시는걸.
펠릭스 형 도대체 어디를 가셨을까?
홍당무 그것까지야 알 수 없지. 자, 여기 앉자.

돌층계의 찬기운이 엉덩이에 닿자 온몸이 싸늘해졌고, 한층 더 허기가 졌다. 하품을 하고 주먹으로 명치를 두드리는 모양이 엄청 배가 고파 보였다.

펠릭스 형 쳇, 우리가 마냥 기다리고만 있을 거라고 생각하시는 모양이지!

홍당무 하지만 뭐, 다른 방법이 없잖아. 기다릴 수밖에.

펠릭스 형 난 안 기다릴래. 난 굶어 죽고 싶지 않거든. 그리고 난 지금 당장 먹고 싶단 말이야. 아무거나 상관 없어. 풀일지라도 말야.

홍당무 풀! 그거 좋은 생각인데. 엄마와 아빠가 이 사실을 알게 되면 깜짝 놀라시겠지.

펠릭스 형 뭐, 샐러드를 먹는 건데. 우리끼리 얘기지만, 목장 풀도 샐러드와 다름없이 연할 거야. 말하자면 드레싱을 뺀 샐러드인 셈이지.

홍당무 맞아, 샐러드처럼 잘 섞어야 할 필요도 없고.

펠릭스 형 자, 내기할까? 난 목장 풀을 먹는다이고 너는 못 먹는다야.

홍당무 어째 형은 먹고 난 못 먹어?

펠릭스 형 쓸데없는 소리는 하지 말고, 자 어때, 내기할래?

홍당무 그보다는 우선 이웃집에 가서 빵하고 우유를 좀 얻어 오는 게 어떨까?

펠릭스 형 난 목장 풀이 좋아.

홍당무 그래, 그럼, 빨리 가자!

이윽고 먹음직스러운 푸른 목장의 풀밭이 눈앞에 펼쳐졌다. 풀밭에 들어서자마자 그들은 발을 질질 끌어 연한 풀줄기를 짓밟아 좁다란 길을 냈다. 그들은 이 일을 재미있어했다. 주인이 이 길을 보게 되면 두고두고 걱정하면서 이렇게 말할 것이다.

"아니, 어떤 짐승이 지나간 거야?"

점차 다리에 맥이 풀렸다. 서늘한 기운이 그들의 바짓가랑이를 뚫고 종아리까지 스며들었다. 그들은 풀밭 한복판에 도착하자 배를 대고 엎드렸다.

"아, 기분 좋ㅡ다."

펠릭스 형이 말했다.

풀잎이 얼굴을 간질이자 그들은 웃어 댔다. 마치 그들이 한 이불 속에서 자며 시시덕거리면 옆방에서 르픽 씨가 이렇게 고함을 지르던 때 같았다.

"어서 자지 못해! 말썽꾸러기들 같으니라고."

그들은 이제는 배고픔도 잊었다.

뱃사공 흉내를 내며 개와 개구리처럼 머리만 삐죽 내놓고 헤엄을 쳤다. 손으로 그 푸른 파도를 헤쳐 나아가면 물결은 맥없이 부서지고 한 번 부서지면 다시 일어서질 않았다.

"풀이 턱까지 찼어."

펠릭스 형이 말했다.

"이것 봐. 난 앞으로 죽죽 나가!"

홍당무가 대답했다.

그들은 잠시 쉬면서 그들의 행복을 맛보았다.

펠릭스 형과 홍당무는 팔꿈치를 괴고 땅강아지가 파 놓은 불룩한 지하도를 눈으로 좇았다. 땅 표면을 우불구불 달린 모양이 마치 노인들의 피부에 불거져 나온 핏줄처럼 보였다.

땅강아지 길은 자취를 감췄다가 훤하게 트인 공터에 가서 불쑥 나타나곤 했다. 그런데 그곳에는 목장 풀을 말려 죽이는 기생물인 새삼 덩굴이 불그스레하고 가느다란 줄기를 뻗고 있었다. 땅강아지 집은 인도식 토막 집들이 조그마한 마을을 이루고 있는 것 같았다.

"이러고만 있을 게 아니지. 이제 먹자, 먼저 내가 시작할게. 내 몫은 건드리지 마."

펠릭스 형은 이렇게 말하며, 한 팔을 반지름 삼아 동그라미를 그려 자기의 몫을 표시했다.

"난 그 나머지만으로도 충분해."

홍당무가 말했다.

어느 새 둘의 머리가 사라졌다. 그들이 어디에 있는지 아무도 상상하지 못할 것이다.

바람이 부드러운 입김처럼 불어 오면 목장 풀의 가느다란 잎들이 바람결에 흔들려 그 하얀 뒷면을 내보이고, 이어 풀밭 전체가 물결처럼 흔들렸다.

펠릭스 형은 풀을 한 아름씩 뽑아서는 전부 머리에 뒤집어쓰고 어기적어기적 먹었다. 그러고 나서는 처음 풀을 뜯어 먹는 서툰 송아지가 풀을 씹는 것 같은 소리를 냈다. 그는 뿌리까지 송두리째 씹어 삼키는 체했다. 그는 세상 물정을 알고 있었다.

한편 홍당무는 형이 하는 행동을 곧이곧대로 믿고 형을 따라하려고 좀더 좋은 잎으로 가려먹을 뿐이었다. 그는 코끝으로 잎을 구부려서 입 안에 넣고는 천천히 씹어먹었다.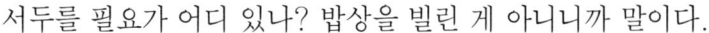

서두를 필요가 어디 있나? 밥상을 빌린 게 아니니까 말이다.

홍당무는 혓바닥이 텁텁하고 속이 메스꺼워 뒤집힐 지경이었지만 그걸 참고 맛있다는 듯이 으적으적 소리를 내며 꿀떡 삼켰다.

술잔

홍당무는 이제부터 식사 때 포도주를 안 마시겠다고 단단히 결심을 했다. 요 며칠 동안에 그가 식사 때 포도주 마시는 습관을 쉽게 고치자, 가족들과 친구들은 깜짝 놀라고 말았다.

사건이 일어나던 어느 날 아침, 평소처럼 르픽 부인이 홍당무에게 포도주를 따라 주자 홍당무는 말했다.

"엄마, 전 목마르지 않아요."

그리고 또 홍당무는 저녁 식사 때도 말했다.

"엄마, 저 목마르지 않아요."

"얘, 네 덕분에 식구들이 아주 기쁘구나."

르픽 부인이 말했다.

이렇게 홍당무는 첫날은 하루 종일 포도주를 마시지 않고 지냈다. 날씨가 포근한데다가 그저 목이 마르지 않았을 따름이었다.

그 다음 날에도 또 르픽 부인은 상을 차리며 홍당무에게 물었다.

"홍당무야, 오늘은 포도주를 마실 거니?"

"글쎄요, 잘 모르겠어요."

"네가 좋을 대로 하거라. 네 잔은 선반 위에 있으니까 필요하거든 갖다 써라."

홍당무는 잔을 가지러 가지 않았다. 기분이 내키지 않아서인가, 잊었는가, 아니면 제 손으로 가져다가 마시기가 거북해서인가? 아무튼 홍당무는 포도주를 마시지 않았다.

가족들은 또 놀랐다.

"아주 자기 양심을 속이려고 드는군그래. 네 재간이 또 하나 늘었구나."

르픽 부인이 이죽거렸다.

"보기 드문 재간이지."

르픽 씨도 한 마디 한다.

"이 다음에 네게 도움이 될 게다. 사막에서 낙타도 없이 혼자 길을 잃었다든지 했을 때……."

펠릭스 형과 에르네스틴 누나가 단언했다.

에르네스틴 누나 한 일 주일은 안 마시고도 견딜 거야.

펠릭스 형 흥, 일요일까지 사흘만 견뎌도 대단한 거지.

"하지만 난 목이 마르지 않으면 언제까지나 안 마실 거야. 토끼나 생쥐들을 봐. 그들이 뭐 대단해서 안 마시는 건가?"

홍당무가 묘한 미소를 띠고 대답한다.

"생쥐하고 너는 달라."

펠릭스 형이 말했다.

홍당무는 화가 나기 시작했고 오기가 났다. 이제는 포도주를 마시지 않고도 견딜 수 있다는 걸 보여 주어야 할 판이었다. 이제는 르픽 부인도 홍당무의 잔을 놓는 걸 잊어버렸다. 홍당무도 잔을 달라고 하지 않았다.

다른 사람이 자신을 보고 빈정거리며 추어주건 진심으로 칭찬을 하건, 홍당무는 무심한 반응을 보이며 넘어갔다.

"어디가 아프거나 머리가 어떻게 된 거겠지."

이렇게 말하는가 하면, 또 어떤 사람들은 이렇게 말했다.

"혼자 숨어서 남몰래 마시는 거야."

대개 이런 의견이었다.

그러나 새 옷도 사흘만 지나면 그만이었다. 홍당무가 목이 마르지 않다는 것을 증명하기 위해서 혀를 내보이는 횟수도 점점 줄어들었다.

가족이나 이웃 사람들도 이제는 아무렇지도 않게 여기게 되었다. 다만 몇몇 손님들만이 그런 이야기를 들으면 놀라는 정도였다.

"아니, 어떻게 그럴 수가! 믿을 수가 없군요. 어느 누구도 생리적인 욕구를 피할 수는 없는 법이거든요."

이 일을 의사에게 의논했더니 그는 이렇게 말했다.

"참 희귀한 경우이기는 한데, 그러나 뭐, 세상에 불가능한 일이란 없는 법이죠."

그리고 홍당무 자신도 뜻밖이었다. 포도주를 마시지 않으면 견딜 수 없는 고통을 느낄 거라고 각오하고 있던 터였는데 끝까지 인내하면 자기가 뜻하는 바를 실행할 수 있다는 것을 깨달았다.

그리고 막상 겪고 보니 걱정했던 만큼 힘들지도 않았다. 오히려 그는 그전보다도 몸이 더 튼튼해졌다. 목마름뿐만 아니라 배고픔도 참을 수 있을 것 같았다! 이대로라면 단식도 할 수 있을 것이고 공기만 마시고도 살 수 있을 것이다.

이젠 자기 잔조차 생각나지 않았다. 사용하지 않아서 쓸모없게 된 지도 오래였다. 결국 가정부 오노린은 그의 잔에 등잔을 닦는 빨간 약을 넣어 두기로 했다.

빵 조각

　르픽 씨도 기분이 좋을 때는 아이들과 함께 놀기를 좋아했다. 정원 샛길을 거닐면서 재미있는 이야기를 해 주면 펠릭스 형과 홍당무는 땅바닥을 데굴데굴 구를 때도 있었다. 그만큼 이야기가 재미있었고 즐거웠다.

　오늘 아침에도 쉴새없이 웃었다. 그 때 에르네스틴 누나가 점심을 차려 놓았다고 부르러 왔다. 그들은 순간 멈칫했다. 가족이 모두 모이면 항상 그들은 얼굴을 찌푸리고 무표정한 얼굴이 되었기 때문이다.

　그들은 늘 그렇게 말 한마디 없이 재빨리 식사를 끝냈다. 아마 음식점이었으면 다른 손님들에게 자리를 내주어도 될 상황이었다. 바로 그 때 르픽 부인이 입을 열었다.

"빵 좀 주시겠어요? 잼을 마저 먹어 버리게……."

대체 누구에게 한 말일까?

르픽 부인은 대체로 자신이 직접 음식을 가져다 먹었다. 그리고 개한테만 말을 걸었다. 즉 부인은 개에게 야채값이 얼마라는 둥 요즘 같아서는 몇 푼 안 되는 돈으로 여섯 식구에 개 한 마리를 먹여 살리는 게 여간 힘든 일이 아니라는 둥 설명하곤 했다.

"말 마라, 얘."

다정하게 낑낑거리며 꼬리로 방석을 두드리는 피람에게 부인은 이렇게 얘기했다.

"바보 같은 것, 이 집 살림을 지탱해 나가기가 얼마나 고달픈 일인지 네가 어떻게 알겠니? 너도 남자들처럼 부엌에서 음식은 모두 공짜로 생기는 줄 알 테지. 버터값이 오르건 계란값이 오르건 너와는 아무 상관 없겠지."

그런데 오늘은 여느 때와는 다르게 르픽 부인이 전에 없이 르픽 씨에게 직접 말을 건 것이다. 그녀가 잼을 마저 먹을 테니 빵 조각을 달라고 한 것은 틀림없이 바로 르픽 씨에게 한 말이었다. 의심할 여지가 없었다. 왜냐하면 르픽 부인이 남편 얼굴을 쳐다보고 있었고, 그 빵이 르픽 씨 옆에 놓여 있었기 때문이다. 그는 놀라서 머뭇거리다가 이윽고 손가락 끝으로 접시 바닥에 있던 빵 조각을 들어, 퉁명스럽게 그걸 부인 쪽으로 내던졌다.

웃어야 할지 울어야 할지 알 수가 없었다.

에르네스틴 누나는 엄마가 모욕을 당한 것 같아 마음이 편치 않았다.

펠릭스 형은 의자 다리 받침대 위에 발을 올려놓고 탁탁 구르며 이렇게 생각했다.

'아빠는 오늘 기분이 좋은 편이었는데.'

홍당무는 꿀 먹은 벙어리처럼 아무 말도 하지 않고 있었다. 입술 가에는 음식을 묻히고 입 안에는 사과 잼을 가득 넣은 채 긴장하며 가만히 있었다. 귓속이 웅웅거렸다. 만일 엄마가 아들딸들 앞에서 그렇게 부당한 대우를 받고도 자리를 박차고 나가지 않았다면 방귀라도 뀌어 줄 판이었다.

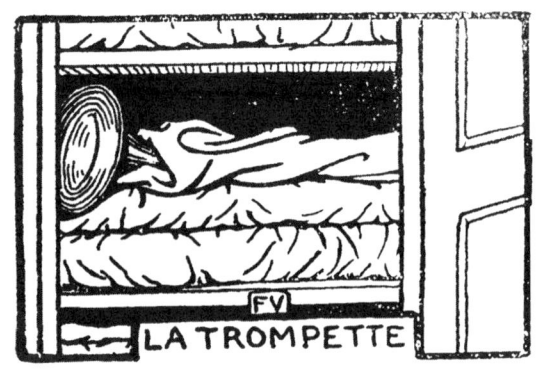

트럼펫

르픽 씨는 오늘 아침에 파리에서 돌아왔다.

그는 짐 가방을 열었다. 펠릭스 형과 에르네스틴 누나에게 줄 선물이 나왔다. 멋있는 선물이었다. 그런데 신기하게도 그것은 바로(참 이상한 이야기다!) 그들이 간밤에 밤새도록 꿈을 꾸었던 선물이었다. 조금 지난 후 르픽 씨는 뒷짐을 지고 슬며시 홍당무를 바라보더니 넌즈시 말했다.

"이젠 네 차례다. 트럼펫과 총 중에서 어떤 게 더 좋으냐?"

사실, 홍당무는 용감하기보다는 조심스러운 편이었다. 그에게는 트럼펫이 나을 것이다. 트럼펫은 이 사람 저 사람에게 넘어갈 염려가 없을 테니까.

그러나 자기 또래의 아이들이라면, 전쟁놀이를 할 수 있는 장난감을 가지고 노는 게 제일 재미있다는 말을 들어 오던 터였다. 나이로 보더라도 화약 냄새를 맡고 닥치는 대로 망가뜨리고 할 때가 온 것이다. 아버지는 아버지대로 자식들의 취향을 잘 알고 있었다. 그래서 그는 각자에게 적당한 선물을 사 온 것이다.

"전 총이 좋아요."

홍당무는 자신이 알아맞혔다고 확신하며 용감하게 말했다.

그뿐인가, 한 수 더 떠서 이렇게 넘겨짚어 말했다.

"숨기실 필요 없어요. 다 보이는걸요!"

"저런!"

르픽 씨는 좀 난처한 얼굴로 말했다.

"총이 더 좋다구? 많이 컸구나, 응?"

그러자 홍당무는 즉시 말을 바꾸었다.

"아니, 괜히 장난친 거예요. 저는 총 따위는…… 싫어요. 제 트럼펫 빨리 주세요. 트럼펫을 부는 게 얼마나 재미있는지 아빠에게도 보여 드릴게요."

르픽 부인 그럼, 어째서 거짓말을 한 거냐? 아빠를 놀리려고 그랬니? 트럼펫이 좋으면 처음부터 그냥 트럼펫이 좋다고 할 것이지, 총이 좋다고, 그것도 총을 봤다고 하다니! 넌 좀 혼이 나야겠다. 총도 트럼펫도 안 줄 테니 그렇게 알아라. 자, 똑똑히 봐 둬라. 이 트럼펫은 동그란 붉은 술이 셋, 금빛 깃

달린 국기가 붙어 있다. 자, 그 정도로 봤으니 충분하지. 그럼, 이제 방해가 되니까 저리로 가렴. 어서 다른 데로 가, 얼른! 손가락으로 휘파람이나 불면서 놀아.

홍당무의 트럼펫은 옷장 꼭대기 흰 속옷 위에, 세 개의 동그란 붉은 술 그리고 금빛 깃 달린 깃발에 돌돌 감긴 채, 누가 불어 주기를 기다리고 있었다. 그것은 양 손에 닿지도 않고 눈에 보이지도 않는 곳에서 마치 최후의 심판 날의 트럼펫인 양 침묵하고 있었다.

머리카락

르픽 부인은 일요일마다 아이들을 미사에 참석하게 했다. 에르네스틴 누나는 비록 자기 화장할 시간이 없더라도, 손수 동생들의 옷차림을 꼼꼼히 챙겨 주었다. 넥타이를 골라 주고, 손톱을 깎아 주고, 기도서(祈禱書)도 챙겨 주었다. 제일 크고 무거운 기도서는 홍당무에게 주었다. 그러나 무엇보다도 가장 중요한 일은 동생들에게 포마드를 발라 주는 일이었다.

에르네스틴 누나는 그 일을 굉장히 좋아했다.

홍당무는 싫어도 참고 누나가 하는 대로 내버려 두었지만, 펠릭스 형은 자기는 포마드를 너무 많이 바르면 화를 낼 거라고 으름장을 놓았다. 그러면 누나는 슬쩍 이렇게 구슬리곤 했다.

"이번에는 내가 깜빡 했어. 일부러 그런 건 아냐. 다음 일요일부터는 절대로 바르지 않을게, 그럼 괜찮지?"

그렇지만 여전히 펠릭스 형의 머리에 포마드를 슬금슬금 발랐다.

"어디 두고 봐."

펠릭스 형이 말했다.

오늘 아침에도 펠릭스 형이 수건을 두르고 머리를 잔뜩 숙이고 있을 때 에르네스틴 누나는 또 속이면서 슬쩍슬쩍 포마드를 발랐는데 형은 아무것도 눈치채지 못했다.

"자, 네가 원하는 대로 해 줬으니 투덜거리지 마. 저것 봐, 포마드 병은 뚜껑이 닫힌 채로 벽난로 위에 있잖아? 어때 상쾌하지? 굳이 싫다는데 내 솜씨를 자랑할 수야 없지. 홍당무 머리 같으면 시멘트라도 발라야 하지만, 펠릭스 머리야 뭐 포마드가 소용 있나? 워낙 곱슬머리인데다가 저절로 보기 좋게 웨이브가 만들어지니까 말이야. 네 머리는 꼭 양배추 같아. 그리고 이 가르마도 저녁때까지 헝클어지지 않을 거야."

"고마워."

펠릭스 형이 말했다.

그리고 그는 전혀 의심하는 빛도 없이 일어섰다. 평소 같으면 손으로 만져 보고 확인했을 텐데 오늘은 그러지 않았다.

에르네스틴 누나는 옷을 입히고 앞뒤로 살펴 가며 단장해 주었다. 그리고 흰 비단 장갑을 끼워 주었다.

"다 됐어?"

펠릭스 형이 물었다.

"참 근사한데, 마치 왕자 같아."

에르네스틴 누나가 말했다.

"이젠 모자만 쓰면 준비 다 된 거야. 옷장 안에 찾아봐."

그러나 펠릭스 형은 그제야 속았다는 걸 깨닫고는 옷장 앞을 그냥 지나쳐 찬장으로 달려갔다. 찬장을 열어젖히더니 물이 가득 들어 있는 물병을 들어 태연스럽게 머리 위에 좍 끼얹었다.

"미리 경고했잖아. 난 조롱받는 게 싫단 말이야. 나를 속이기에 누나는 아직 어려, 아직 멀었단 말야. 만일 또 한 번만 그런 짓을 하면 그놈의 포마드 병을 개천에다 던져 버리겠어."

머리카락은 납작해지고, 외출복에서는 물이 뚝뚝 떨어졌다. 물에 빠진 생쥐 꼴이었다. 펠릭스 형은 누가 옷을 갈아입혀 주든지, 아니면 햇볕에 저절로 마르든지 둘 중에 하나를 기다리고 있었다. 어쨌든 그에게는 둘 다 상관 없었다.

'참, 저게 무슨 꼴이람!'

홍당무는 그렇게 중얼거렸지만 속으론 감탄하여 눈 하나 깜빡하지 않고 서 있었다.

'펠릭스 형은 누굴 무서워하지를 않는단 말이야. 내가 섣불리 그런 흉내를 냈다가는 아주 웃음거리가 될 테지. 난 포마드를 계속 바르는 게 상책이겠어.'

그러나 홍당무가 아무리 고분고분 체념하려고 해도 그의 머리카락은 그도 모르는 사이에 앙갚음을 하려고 나섰다.

그 머리카락은 포마드를 발라 얼마간 억지로 눌러서 죽은 체하고 있었지만 조금 뒤 조금씩 살아나기 시작했다. 포마드 기름으로 푹 죽어 있던, 번들번들하게 살짝 자리잡혀 있던 머리 모양이 어느덧 울룩불룩해지고 한 올씩 일어서더니 나중에는 밤송이처럼 딱 입을 벌리고 말았다. 마치 짚으로 이은 지붕의 얼음이 녹은 꼴이었다.

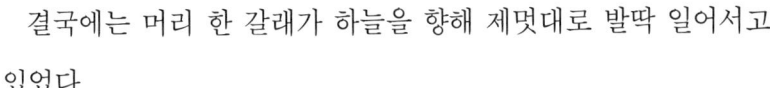

결국에는 머리 한 갈래가 하늘을 향해 제멋대로 발딱 일어서고 있었다.

물놀이

네 시가 가까워 오자 안절부절못하던 홍당무는 정원의 개암나무 밑에서 낮잠을 자고 있는 르픽 씨와 펠릭스 형을 깨웠다.

"가도 돼요?"

홍당무가 물었다.

펠릭스 형 가자. 수영복 가지고 가지?

르픽 씨 아직 너무 더울 것 같은데.

펠릭스 형 전 햇볕을 쬐는 게 좋아요.

홍당무 아빠도 여기보다는 물가가 나을 거예요. 거기 가서 아빠는 풀밭에 누워 계세요.

르픽 씨 그럼 앞장 서거라. 더위 먹으면 안 되니 천천히 가자.

그러나 홍당무는 발바닥에서 개미가 기어다니며 간질이는 것처럼 몸이 근질근질해서 천천히 가기가 어려웠다. 그는 무늬가 없고 두꺼운 자신의 수영복과 울긋불긋한 펠릭스 형의 수영복을 어깨에 걸쳤다. 신이 난 홍당무는 혼자 노래를 부르기도 하고, 뛰어올라 나뭇가지에 매달려 허공에서 헤엄치는 시늉을 하며 펠릭스 형에게 이렇게 말했다.

"물에 들어가면 참 좋겠지? 첨벙거리며 놀아야지!"

"원숭이처럼 까불기는!"

펠릭스 형은 깔보듯이 내뱉었다.

홍당무는 기가 죽어 입을 다물었다.

그는 먼저 바싹 마른 나지막한 돌담을 훌쩍 뛰어 넘었다. 바로 눈앞에 시내가 흐르고 있었다. 웃고 즐거워하던 시간은 이미 지나갔다.

졸졸 흐르는 시냇물 위에 벌써 싸늘한 그림자가 어렸다.

물 흐르는 소리는 마치 아드득아드득 이를 가는 소리 같았고, 야릇한 냄새가 풍겼다.

이제 그 물 속에 들어가야 한다. 그리고 르픽 씨가 회중시계를 들여다보고 정해 놓은 시간까지 그 물 속에 들어가야 했고, 그 속에서 놀아야 했다.

홍당무는 벌써부터 소름이 쫙 끼쳤다. 이번에는 반드시 수영을 하겠다고 용기를 내어 여기까지 왔지만 막상 물을 보니 겁이 났다. 멀리서 자기를 잡아당기는 물을 보고 그만 기가 죽고 만 것이다.

그는 혼자 조금 떨어져서 옷을 벗기 시작했다. 삐쩍 마른 몸과 못생긴 발을 감추기 위해서가 아니라 겁내는 모습을 보여 주기가 싫었기 때문이다.

옷을 하나하나 벗어서 풀 위에 착착 개켜 놓았다. 그리고 구두끈을 풀었다가 매고, 풀었다 매기를 반복했다.

홍당무는 수영복을 입고 짧은 속옷을 벗었다. 그러나 땀이 많이 흘러서 마치 초콜릿이 녹아 끈적끈적하게 종이 포장에 붙은 것 같아 좀더 기다리기로 했다.

벌써 펠릭스 형은 물에 들어가 자신이 주인이나 된 듯이 활개를 치고 있었다. 팔로 물을 휘젓고 발로 물장구를 쳐서 물을 튀기면서 온통 시내를 휘젓고 다녔다. 또 시내 한가운데서 흰 물결을 일으켜 시냇가로 몰아내기도 했다.

"얘, 홍당무야. 너 겁나니?"

르픽 씨가 물었다.

"땀 좀 식히고 있었어요."

홍당무가 대답했다.

홍당무는 드디어 결심을 하고 땅에 털썩 앉아 너무 작은 신발 때문에 꼭 끼어 있던 발가락을 먼저 조심스레 물에 담가 보았다. 동시에 손으로 배를 문질렀다. 아마 점심 때 먹은 것이 아직 소화가 덜 된 모양이었다. 그러고는 나무 뿌리를 따라 물 속으로 미끄러져 들어갔다. 종아리, 허벅지, 엉덩이 할 것 없이 온통 나무뿌리에 긁혔다.

물이 배까지 올라오자 당장이라도 물 밖으로 달아나고 싶었다. 마치 물에 젖은 가느다란 노끈이 팽이에 감기듯이 점점 몸에 감겨 올라오는 듯한 기분이었다. 그런데 그를 받쳐 주던 흙덩이가 푹 하고 꺼지면서 홍당무는 물 속으로 가라앉기 시작했다. 숨이 차오기 시작했다. 앞이 보이지 않으면서 정신이 아찔해지자 발버둥을 쳐서 간신히 다시 물 위로 올라왔다. 기침을 캑캑 하고 침을 뱉으며 야단법석을 떨었다.

"넌 잠수를 아주 잘하는구나."

르픽 씨가 말했다.

"네. 그렇지만 난 잠수를 그다지 좋아하지 않아요. 귓속에 물이 들어가고 나중엔 머리가 띵해지는걸요."

그는 수영을 연습할 만한 곳을 찾았다. 말하자면 시내 바닥에 무릎을 대고 모래 위에서 걸어다니면서 팔만 휘두를 수 있는 곳 말이다.

"그렇게 서두르면 안 된단다."

르픽 씨가 보다못해 말했다.

"주먹을 쥐고 휘두르지 말란 말이야. 마치 머리카락을 쥐어뜯는 것 같구나. 다리를 가만히 두면 어떡해. 그 다리를 움직여야지."

"다리를 쓰지 않고 헤엄치려니까 더 어려워요."

홍당무가 대답했다.

그러나 그가 좀 연습을 하려고 해도 펠릭스 형이 자꾸만 훼방을 놓았다.

"홍당무야, 이리 와, 더 깊은 데가 있어. 발이 쑥 들어가는데! 이것 좀 봐. 자! 지금 내가 이렇게 서 있는 거 보이지? 하나 둘 셋! 머리까지 쑥 들어가지? 자, 이번엔 수양버들 쪽으로 가 있어, 움직이지 말고. 내가 거기까지 물장구 여덟 번 만에 갈 테니까."

"그럼 내가 셀게."

홍당무는 어깨를 물에서 내놓고 오들오들 떨면서도 정말 박아 놓은 말뚝처럼 꼼짝도 않고 서 있었다.

그런데 홍당무가 무릎을 바닥에 대고 헤엄을 치려고 하는데 펠릭스 형이 이번엔 그의 등 위에 기어 올라갔다가 물 속으로 뛰어 들었다. 그리고 말했다.

"자, 이번엔 너도 하고 싶으면, 내 등 위로 올라가."

"혼자 연습 좀 하게 내버려 둬."

홍당무가 대답했다.

그 때 르픽 씨가 외쳤다.

"이젠 그만 물에서 나오너라. 이리 와서 럼주 한 잔씩 마시거라."

"벌써요?"

홍당무는 실망하여 말했다.

이제 와서 홍당무는 물에서 나가고 싶지 않았다. 수영을 제대로 해 보지도 못했다. 그리고 막상 가야 된다고 하니 물이 조금도 무섭지 않았다. 조금 전만 해도 물 속에 들어가면 납덩이처럼 무거워 가라앉을 것 같던 것이 지금에 와서는 새털처럼 몸이 가벼워 물 속에서 헤엄을 칠 수 있을 것 같았다. 위험 따위는 안중에도 없고, 자신의 목숨을 걸고라도 누구든지 구해 낼 수 있을 것 같은 무모한 용기까지 더해졌다. 이젠 아예 누가 시키지 않아도 저 혼자 잠수를 했다. 물에 빠진 사람의 고통을 맛보고 싶었다.

"빨리 나와!"

르픽 씨가 홍당무를 향해 외쳤다.

"펠릭스가 럼주를 혼자 다 마셔 버리기 전에, 빨리."

홍당무는 럼주를 그다지 좋아하지는 않았지만 이렇게 말했다.

"내 몫은 아무도 먹을 수 없어요."

그러고는 마치 고참병처럼 럼주를 꿀꺽꿀꺽 들이켰다.

르픽씨 이놈, 너 깨끗이 안 씻었구나. 발뒤축에 아직 때가 그대로잖아.

홍당무 아빠, 그건 진흙이 묻은 거예요.

르픽씨 아니야, 그건 때야. 때.

홍당무 그럼, 다시 씻을까요?

르픽 씨 내일 씻어라, 내일 또 오자.

홍당무 그래요! 내일도 날씨가 좋았으면!

그는 펠릭스 형이 몸을 닦은 후 놓아 둔 젖은 수건에서 젖지 않은 한쪽을 손가락에 걸어 가지고 물기를 닦았다. 머리가 띵하고 목이 따끔따끔 아팠지만, 낄낄대고 웃었다. 펠릭스 형과 르픽 씨가 그 오그라든 발가락을 보고 놀렸기 때문이다.

오노린

르픽 부인 오노린, 나이가 어떻게 돼죠?

오노린 만성절(萬聖節)이면 예순 일곱 됩니다, 마님.

르픽 부인 저런, 당신도 이제 많이 늙었군요!

오노린 아직 제 손으로 일을 할 수 있는데 뭐 나이가 상관 있나요? 그리고 저는 여태껏 병이라고는 모르고 지냈으니까요. 소보다도 튼튼하죠.

르픽 부인 제가 한 마디 해도 될까요? 당신은 아마 어느 날 갑자기 죽게 될 거예요. 어느 날 저녁, 개천에서 돌아올 때 머리에 인 바구니가 다른 때보다 유달리 무겁다는 느낌을 받게 되겠죠. 또 손수레가 그전보다 훨씬 무겁게 느껴지겠죠. 그러다가 손잡이 사이에 무릎을 꿇고는 빨래 위에 코를 박고 푹 쓰러질 거예요. 지나가는 사람들이 당신을 발견하고 가까이 다가가 일으켰을 때는 이미 죽어 있을 거예요.

오노린 그런 끔찍한 말은 하지 마세요. 그리고 걱정하지 마세요. 아직 제 팔다리는 젊은 사람 못지않거든요.

르픽 부인 사실 말이지 허리가 좀 굽었어요. 허리가 굽으면 빨래할 때 허리가 덜 아플 거예요. 그러나 눈이 잘 안 보이는 건 난감한 일이죠! 얼마 전부터 내가 보기엔 예전과 좀 달라진 것 같아요.

오노린 말도 안 돼요! 난 지금도 시집 올 때나 다름없이 똑똑히 잘 보이는걸요.

르픽 부인 그래요? 그럼, 찬장 문을 열고 아무 접시나 하나 꺼내서 제게 줘 보세요. 당신이 제대로 접시를 씻었다면 얼룩 자국은 대체 뭐죠?

오노린 찬장 안에 습기가 차서 그런가 보죠.

르픽 부인 그건 그렇다 치고, 찬장 안에 접시 위를 왔다 갔다 하는 손가락이 있는 모양이죠? 이 손가락 자국 좀 **봐요**.

오노린 어디요? 전 아무것도 안 보이는걸요.

르픽 부인 바로 그게 내가 말하려는 점이에요. 내 말을 잘 들어 봐요. 오노린, 당신이 일을 대충했다는 게 아니에요. 그런 말을 한다면 그건 내가 잘못하는 거죠. 이 마을에서 당신 만큼 일을 잘하는 사람도 없을 거예요. 내 말은 단지 오노린이 나이가 들었다는 거죠. 물론 나도 늙고, 우리는 모두 너나 할 것 없이 늙죠. 그러니까 제 말은 마음만으로는 일을 할 수 없다는 거죠. 분명히 눈앞에 안개가 낀 것 같은 느낌을 여러 번 받았을 거예요. 그럴 때에는 아무리 눈을 비벼도 소용 없죠. 눈앞의 안개는 뭘 해도 없어지지 않을 테니까요.

오노린 그렇지만, 전 아직 눈을 뜨고 있는걸요. 물통에 머리를 박은 것처럼 앞이 캄캄해진 일은 없었죠.

르픽 부인 아니, 내 말이 맞아요, 오노린. 어제도 당신 바깥양반에게 닦지 않은 컵을 내주었죠. 그밖에도 이야기를 하려면 끝이 없어요. 당신이 난처해할까 봐, 난 모른 척했어요. 주인 양반도 아무 말 하지 않았지요. 그 사람이야 원체 말이 없는 사람이니까요. 그렇지만 그 사람이 모른다고 생각하면 안 돼요. 그이는 조용히 관찰만 하고 있는 거죠. 그리고 하나하나 머릿속에 새겨 두는 거예요. 그 때도 르픽 씨는 그저 그 컵을 손가락으로 밀어 놓았죠. 그리고 점심 내내 아무것도 마시지 않지 뭐예요. 오노린과 그이 때문에 정말.

오노린 원, 주인어른이 하녀를 어려워하다니! 말씀만 해 주셨으면 당장 바꿔 드렸을 텐데요.

르픽 부인 왜 아니겠어요. 그 양반은 당연히 해야 할 말인데도 안 하기로 작정했어요. 나도 이제 눈치 보는 데 지쳤어요. 오노린, 지금 중요한 건 그게 아니에요. 단도직입적으로 말하자면 당신 눈이 갈수록 어두워진다는 거예요. 빨래 같은 일에는 별로 상관이 없겠지만, 꼼꼼히 해야 할 일들은 이젠 당신에게 적당하지 않아요. 비용이 더 들기는 하겠지만, 당신을 도와줄 사람을 구할 수밖에 없겠어요…….

오노린 전 다른 사람과 같이 일할 수는 없어요. 누가 옆에서 졸졸 따라다니는 건 딱 질색이에요, 르픽 부인.

르픽 부인 그럼, 어떻게 하는 게 좋을까요? 솔직히 탁 터놓고 말해 봐요.

오노린 전 제가 죽는 날까지는 지금까지 해 오던 대로 하고 싶군요.

르픽 부인 당신이 죽을 때까지요! 어쩜 그런 생각을 할 수가 있죠, 오노린? 우리 식구가 죽으면 장례도 치러 줄 생각인 것 같군요. 난 당신이 죽을 거라는 생각을 한 게 아니에요!

오노린 행주질 한 번 잘못했다고 내보내실 작정은 아니겠죠? 전 부인이 등 떠밀어 내쫓을 때까지 절대로 나가지 않을 거랍니다. 그리고 이젠 쫓겨나면 길가에 나앉아야 하잖아요.

르픽 부인 누가 당신을 내쫓는다고 했어요? 얼굴까지 그렇게 빨개져서는……. 지금 우리는 둘이서 의논을 하고 있는 건데 당신은 너무 지나친 생각을 하고 있어요.

오노린 제가 뭘 알겠어요!

르픽 부인 그럼, 나보고 어쩌란 말이죠? 당신 시력이 나빠지는 게 당신 탓도, 내 탓도 아닌데 말이에요. 노환 때문에 그런 거라 의사가 고쳐 줄 수 있는 것도 아니잖아요. 우리 둘 중에 누가 더 난처한 처지에 있는지 좀 생각해 줘요. 오노린은 자신의 눈에 문제가 생긴 것도 전혀 모른 채 태평하게 지내고 있잖아요. 반면에 우리 식구들은 곤란해지고 있어요. 난 다른 난처한 일이 일어나지 않도록 인정상 미리 말해 주는 거예요. 그리고 이렇게 다정스럽게 충고해 주는 것이 또 내 도리일 테고 말예요.

오노린 편하실 대로 하세요. 저는 아까는 거리로 내쫓기는 줄 알았어요. 지금은 부인 말을 들으니 마음이 놓이는군요. 저도 이제부터는 접시를 신경 써서 닦을 테니, 안심하세요.

르픽 부인 그렇게 해 주면이야……. 이래 뵈도 난 다른 사람이 생각하는 것보다는 괜찮은 사람이에요. 정말 최악의 상황이라면 모르지만 그 전에는 오노린을 내보내지 않을 거예요.

오노린 르픽 부인, 더 이상 말 안 하셔도 돼요. 전 아직 더 일할 수 있어요. 만약 마님이 날 내쫓는다면 나도 가만 있지는 않을 거예요. 그렇지만 아무 때라도 내가 이 집에서 짐이 되고 냄비에 물도 끓이지 못하게 되는 날에는 제 발로 나가겠어요. 누가 등 떠밀지 않더라도 말이에요.

르픽 부인 오노린, 당신이 떠나더라도 우리 집을 찾아오면 언제나 당신을 위해 수프 한 접시는 준비되어 있다는 걸 잊지 말아요.

오노린 아니에요, 무슨 수프씩이나…… 그저 빵만으로도 충분하답니다. 마이트 할머니도 빵만 먹고 살더니 더 건강해졌더군요.

르픽 부인 마이트 할미가 백 살이 넘었다는 건 알고 계시죠? 한 가지 더 말해 줄까요? 거지가 우리보다는 행복하다는 것을 말해 주고 싶군요. 내 말이 틀림없어요.

오노린 부인이 하는 말이니 여부가 있겠습니까.

냄비

홍당무가 집안 식구에게 도움이 될 만한 일을 할 수 있는 기회는 좀처럼 없었다. 그는 한쪽 구석에 웅크리고 앉아서 이제나저제나 하고 기회를 기다릴 뿐이었다. 그는 아무 말 없이 가만히 눈치를 보고 있다가 적당한 시기가 오면 어두운 곳에서 불쑥 튀어나갈 것이다. 그리고 모두 흥분해서 옥신각신하고 있을 때, 혼자 차분하고 신중한 사람처럼 모든 일을 자기 마음대로 지휘할 것이다.

그런데 요즈음 암만 해도, 르픽 부인에게는 누군가의 도움이 필요한 것 같았다. 하지만 자존심이 강했기 때문에 도와 달라는 말을 먼저 하지는 않을 것이다. 그렇기 때문에 아무런 말 없이 계약이 이루어져야 했다. 상황이 그렇게 되면 홍당무는 누가 칭찬을 해 주든 말든, 어떤 보수 같은 것은 바라지 않고 계약을 행동에 옮겨야 했다.

그는 드디어 실행하기로 결심했다.

난로 위에 매달아 놓은 고리에는 냄비가 밤낮 그대로 걸려 있었다. 겨울에는 더운물을 많이 쓰기 때문에 하루에도 몇 번씩 물을 채우고 퍼내고 해야 했다. 그래서 냄비의 물은 항상 부글부글 끓고 있었다.

여름에는 식사 후에 설거지를 할 때만 더운물을 썼다. 그 때를 제외하고는 냄비는 그저 공연히 쉬쉬 소리를 내며 마냥 끓기만 했다. 한편 금이 간 냄비 아래에서는 거의 꺼져가는 장작 두 개비가 연기를 피우고 있었다.

때때로 물 끓는 소리가 오노린의 귀에 들리지 않을 때가 있었다. 그럴 때면 오노린은 허리를 구부리고 귀를 기울였다.

"바짝 졸아들었군."

오노린은 이렇게 중얼거리고는 냄비에 물을 가득 채우고 장작 개비를 맞대 놓곤 재를 뒤적였다. 그러면 곧 이어 냄비의 부드러운 콧노래가 다시 시작되었고 그제야 마음을 놓은 오노린은 다른 일을 보러 갔다.

"오노린, 쓰지도 않을 물을 무엇 하러 끓이는 거죠? 그 냄비를 치우고 불을 꺼요. 장작이 어디서 공짜로 생기는 줄 알아요? 추위가 닥쳐오면 수없이 많은 가난한 사람들이 추위에 떨면서 지내야 해요. 당신은 살림꾼이잖아요?"

누가 이렇게 말한다면 그녀는 그저 머리를 흔들 것이다.

그녀는 항상 냄비 고리에 냄비가 매달린 것을 보아 왔으며, 늘 물이 끓는 소리를 들어 왔다. 비가 오건 바람이 불건 햇볕이 내리쬐건 그저 냄비에 물이 없어지면 물을 가득 채웠다.

이제는 냄비에 손을 대 보거나 들여다보지 않아도 알 정도다. 귀를 기울여 듣기만 해도 냄비에 물을 부어야 할 때를 알았다. 물 끓는 소리가 들리지 않으면 물을 부었다. 그야말로 염주 굴리듯 손에 익어서 지금까지 한 번도 실수한 적이 없었다.

그런데 오늘 오노린이 생전 처음으로 실수를 했다. 물을 불에다 좍 끼얹은 것이다. 재가 구름처럼 뽀얗게 일어나 마치 잠자는 사자의 코털을 건드려 사자가 성을 내듯이 오노린에게로 달려들어 그녀를 에워쌌다. 그녀는 연기와 재 때문에 숨이 탁탁 막히고 화상을 입은 것처럼 화끈거리는 것 같았다.

그녀는 외마디 고함을 치고는 뒷걸음을 치며 재채기를 하고, 침을 탁탁 뱉으며 난리 법석을 떨었다.

"세상에 이런 일이! 땅 속에서 귀신이 나온 줄 알았네."

오노린은 재가 눈에 들어가 보이지 않는데도 캄캄한 벽난로 속을 재가 묻어 새까매진 손으로 더듬었다.

그녀는 놀라서 중얼거렸다.

"아, 아니! 냄비가 없잖아. 거 참, 희한한 일이군, 조금 전까지만 해도 여기 있었는데. 피리 소리처럼 쉬쉬거리는 소리를 틀림없이 내고 있었는데."

그녀가 앞치마에 묻은 야채 찌꺼기를 털려고 창 밖으로 등을 돌린 사이에 누군가가 냄비를 치운 것이 틀림없었다. 대체 누가 그랬을까?

르픽 부인이 정색을 하고 조용히 침실 방문 앞에 있는 발 닦개 위에 모습을 드러냈다.

"웬 소동이에요, 오노린!"

"소동이고 뭐고. 황당한 일, 아니지 엄청난 일을 당해서 그래요. 하마터면 바비큐가 될 뻔했어요. 이 신발이며 치마며 제 손꼴을 좀 보세요. 옷은 온통 재투성이고 주머니 속에는 숯 조각까지 들어 있어요, 글쎄."

오노린이 소리쳤다.

르픽 부인 오노린, 벽난로가 물바다가 돼 버렸군요. 어서 깨끗이 치워요.

오노린 왜 제게 한 마디 말도 않고 냄비를 가져갔나요? 마님이 가져가셨죠?

르픽 부인 오노린, 뭔가 착각하고 있는 것 같은데 그 냄비는 우리 집 모든 사람의 것이에요. 그걸 쓸 때 나나 주인 양반이나 또 우리 애들이 당신에게 일일이 허락을 받아야 하나요?

오노린 저는 지금 너무 화가 나서 제가 무슨 말을 하는지도 모르겠네요.

르픽 부인 화라뇨? 우리에게 화가 났다는 건가요, 아니면 당신 자신에게 말인가요? 어서 대답을 해 봐요. 정말 궁금하군요. 참, 어이가 없어서. 아니, 그래 냄비가 없다는 핑계로 불에다 물을 퍼붓다니? 그리고 자기 실수를 인정하기는커녕 고집을 부리며 다른 사람한테 잘못을 뒤집어씌우다니, 이게 무슨 경우죠?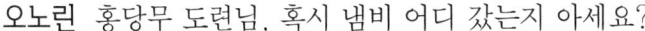

오노린 홍당무 도련님, 혹시 냄비 어디 갔는지 아세요?

르픽 부인 개가 뭘 알겠어요. 아무것도 모르는 애한테 괜한 말 말아요. 오노린이 어제 한 얘기를 기억해 봐요. '냄비에 물도 끓일 수 없게 되는 날이면, 누가 나가라고 하지 않아도 내 발로 걸어 나가겠다.'고 했죠? 당신 눈이 나쁘다는 것은 확실히 알고 있었지만 이렇게까지 심각한 줄은 몰랐군요. 더 이상 말 안 하겠어요. 오노린, 당신이 입장을 바꿔 생각해 보세요. 당신도 지금 이 상황을 잘 알겠죠? 스스로 생각해 보고 결정하세요. 아, 실컷 울어요. 울 만도 하죠.

시치미

"엄마! 할머니!"
"홍당무야, 무슨 일인데 그렇게 호들갑스럽게 뛰어들어오니? 또 무슨 일을 저지른 거니?"
르픽 부인의 싸늘한 눈초리에 홍당무는 재빨리 입을 다물었다.
'제가 그랬어요, 오노린!'
어떻게 오노린 할머니에게 이렇게 말을 할 것인가?
오노린을 구할 수 있는 방법이 없었다. 그녀는 이제 시력이 점점 나빠지고 있었다. 눈이 잘 보이지 않는 것이다. 그녀로서도 어쩔 수 없는 일이었다.
어차피 조만간에 오노린은 물러나야 할 것이다. 이럴진대 홍당무가 고백을 하는 것은 그녀를 더 괴롭게 할 뿐이다.

차라리 홍당무가 그랬다는 것을 모른 채, 받아들일 수밖에 없는 운명이라고 생각하고 이 집에서 나가는 것이 좋을지도 모른다.

'엄마 제가 그랬어요!'

또 르픽 부인에게 어떻게 이런 말을 한단 말인가?

칭찬받을 만한 공을 세웠다고 우쭐해 보았자 소용 없는 일이었다. 르픽 부인은 절대로 미소지으며 칭찬을 해 주지 않을 것이다. 아니 오히려 혼날 수도 있었다.

르픽 부인의 성미를 잘 알고 있어서 말인데, 어쩌면 여러 사람 앞에서 "네까짓 것이 무슨 참견이냐."고 윽박지를지도 모른다.

차라리 엄마와 오노린 할머니를 도와서 냄비를 찾는 척하는 게 상책일 것이다.

홍당무는 셋 중에서 가장 열심히 냄비를 찾아다녔다. 애써 냄비를 찾을 생각이 없던 르픽 부인이 제일 먼저 단념했다. 오노린 할머니도 찾다가 체념하고 집을 떠났다.

한순간 양심 때문에 일을 더 크게 만들 뻔했던 홍당무는 겨우 제정신을 차렸다. 더 이상 사용할 필요가 없어진 정의(正義)의 칼이 칼집으로 되돌아온 것처럼 말이다.

아가트

오노린 할머니를 대신해 일하러 온 사람은 할머니의 손녀 아가트다.

홍당무는 새로 온 여자 아이를 유심히 살펴보았다. 며칠 동안 르픽 집안 식구의 관심이 홍당무에게서 그 애에게로 옮겨 갔다.
"애, 아가트야."
르픽 부인이 말했다.
"방에 들어오기 전에는 노크를 하란 말이다. 그렇다고 문이 부서질 정도로 두드릴 필요는 없단다."
'흠, 엄마가 또 시작했군. 점심 때는 볼 만하겠는걸.'
홍당무는 속으로 생각했다.

식사는 주로 넓은 주방에서 먹었다. 아가트는 냅킨을 팔에 걸고, 언제든지 난로에서 찬장으로, 찬장에서 식탁으로 움직일 수 있도록 준비를 하고 서 있었다. 그녀는 도대체 얌전히 걸을 줄을 몰랐다. 뺨이 발갛게 상기되도록 숨을 헐떡거리며 뛰어다녔다.

그리고 말이 너무 빠르고 웃는 소리도 너무 컸다. 또 잘하려고 너무 조바심을 냈다.

르픽 씨가 제일 먼저 자리에 앉았다. 그는 냅킨을 펴고 자기 앞에 놓인 개인 접시를 음식이 놓인 큰 접시 쪽으로 밀어 고기를 담고 소스를 친 다음 다시 자기 앞으로 접시를 끌어당겼다. 음료도 직접 따라서 마셨다. 그는 등을 구부리고 눈을 내리깐 채 평상시처럼 다른 것에는 무관심한 태도로 식사를 했다.

새로운 요리가 담긴 큰 접시를 받을 때면 그는 의자 위에서 몸을 약간 들썩이며 움직였다.

르픽 부인은 아이들이 음식 더는 걸 도와 주었다. 배가 고파 꼬르륵 소리가 나는 펠릭스 형이 제일 먼저 받았다. 그 다음은 에르네스틴 누나, 식탁 맨 끝에 앉아 있는 홍당무의 차례는 가장 마지막이었다.

홍당무는 한 번 받으면 결코 음식을 더 달라고 하지 않았다. 그런 말은 마치 규칙으로 정해져 금지된 것처럼 엄두도 내지 못하는 것이었다. 한 번 담아 주는 걸로 만족해야 하지만 더 먹으라고 권하면 받았다.

포도주를 마시지 않는 홍당무는 좋아하지도 않는 쌀밥을 오물오물 씹어서 먹었다. 쌀밥을 먹는 이유는 식구들 중에 유달리 쌀밥을 좋아하는 르픽 부인의 비위를 맞추기 위해서였다.

펠릭스 형이나 에르네스틴 누나는 좀더 먹고 싶으면 르픽 씨처럼 접시를 요리 접시 쪽으로 거리낌없이 가져갔다.

식구들은 식사 중에는 아무도 말을 하지 않았다.

'대체 이 사람들은 어떻게 된 사람들일까?'

아가트는 속으로 이상하게 생각했다.

그들을 이상하게 생각할 필요는 없었다. 그들은 그저 원래 그런 것뿐이었다.

아가트는 누구 앞에서건 기지개를 켜며 하품을 했다. 그녀는 하품을 잘 참지 못했다.

르픽 씨는 유리 조각이라도 씹듯이 우물우물 먹었다.

까치보다 더 수다스러운 르픽 부인이지만, 식사 때만큼은 몸짓이나 고갯짓으로 의견을 표시했다.

에르네스틴은 천장을 바라보며 먹었고, 형은 혼자 장난을 치고 있었다. 포도주를 마시지 않는 홍당무는 식사를 너무 빨리 하지 않도록, 혹은 너무 천천히 하지 않도록 까다로운 계산 문제에 몰두하고 있었다.

갑자기 르픽 씨가 물을 따르러 일어났다.

"저런! 제가 할게요."

아가트가 말했다.

아니, 실은 말하지 못했다. 그녀는 그저 생각만 했을 뿐이다. 아가트도 벌써 이 식구들에게 병이 옮았는지 혀가 굳어 아무 말도 할 수 없었다. 거기다 그것이 자기 잘못인 것만 같아 더욱 긴장하고 있었다.

르픽 씨가 식사를 거의 끝내 가고 있었다. 아가트도 이번에야말로 틀림없이 때를 놓치지 않기로 결심했다. 아가트는 르픽 씨에게만 신경을 쓰고 있다가 다른 사람들은 잊어버렸다.

르픽 부인이 이것을 알아채고 차갑게 한 마디 했다.

"얘, 너 그렇게 가만히 서 있으면 굳어 버리지 않겠니?"

"네, 마님."

아가트는 얼떨결에 대답했다.

아가트는 르픽 씨에게서 눈을 떼지 않고 다른 사람의 눈치도 살폈다. 사방을 혼자 보살피고 있었다. 그녀는 싹싹하고 눈치가 빠르다고 르픽 씨에게 칭찬을 받고 싶었던 것이다.

드디어 기다리고 있던 기회가 왔다.

르픽 씨가 마지막 빵 조각을 입에 넣었을 때였다. 그녀는 찬장으로 달려가더니 아직 썰지도 않은 다섯 근짜리 빵을 가져왔다. 자기 딴에는 주인이 원하는 바를 알아차린 게 너무 기뻐서 정성껏 르픽 씨에게 주었다.

그런데 르픽 씨는 냅킨을 걷더니 식탁에서 일어나 모자를 쓰고 담배를 피우러 뒤뜰로 나가 버렸다.
 그는 식사를 끝내면 절대 더 먹는 법이 없었다.
 아가트는 당황해서 다섯 근이나 나가는 둥근 빵을 앞가슴에 안은 채 우두커니 서 있었다.
 꼭 고무 풍선 공장 앞에 내붙인 홍보용 간판 모양 같았다.

일과

"놀랐죠? 뭐 별일 아니에요. 늘 있는 일이죠. 그건 그렇고, 그 병을 어디로 가져가는 거죠?"

홍당무는 아가트하고 단둘이만 남게 되자 이렇게 물었다.

"지하실로요, 홍당무 도련님."

홍당무 아차, 지하실에 가는 일은 내 담당이지. 그 지하실 계단이 위험하거든요. 발을 헛디뎌서 미끄러지면 다치기 일쑤거든요. 그래서 내가 계단을 내려갈 수 있게 된 그 날부터 지금까지 쭉 그 일을 맡아 하고 있어요. 난 빨간 봉지와 파란 봉지를 잘 구분할 수 있거든요. 그리고 난 빈 통을 팔아서 용돈을 조금 벌기도 해요. 토끼 가죽도 그렇게 하지요. 물론, 그 돈은 엄마에게 맡겨 두죠. 자, 서로의 일이 헷갈리지 않게 정해 두도록 하죠.

난 아침마다 개에게 문을 열어 주고 밥을 먹이고, 저녁에는 재우죠. 가끔 개가 밖에서 놀다가 늦게까지 돌아오지 않으면 기다리기도 한답니다.

그뿐 아니라 우리 엄마는 매일 저녁 닭장 문 닫는 일을 내게 맡기셨어요.

풀도 내가 뽑아요. 뿌리에 묻은 흙은 발등에다 대고 탁탁 털어서 다시 땅에 난 구멍을 메우는 데 쓰고. 그리고 풀은 짐승들을 먹이고.

아빠가 재목을 톱으로 썰 때는 운동 삼아 그것을 도와 드리기도 해요.

아빠가 잡아 온 사냥감, 자고새의 목숨을 아주 끊어 버리는 것도 내 일이에요. 아가트는 아마 에르네스틴 누나와 같이 그 짐승들의 털을 뽑게 될 거예요.

생선 내장을 손질하는 일도 내 몫이에요. 부레는 발로 밟아 펑 하고 터뜨리면 돼요. 그리고 비늘을 벗기는 일이나 우물에서 물을 길어 올리는 건 아가트가 해야 해요.

실타래를 감는 일은 내가 도와 줄게요. 커피를 빻는 것도 내 일이고요.

아빠가 더러워진 구두를 벗어 놓으면, 내가 그걸 복도에 갖다 두죠. 하지만 아빠에게 실내화를 갖다 드리는 일은 에르네스틴 누나만이 할 수 있어요. 자기가 손수 수놓았다고 절대로 남에게 양보하지 않아요.

또 중요한 심부름은 내가 도맡아 해요. 멀리까지 뛰어갔다 와야 한다든지 약국이나 의사한테 찾아간다든지 하는 일 말이에요.

그 대신 아가트는 마을로 장을 보러 다니기만 하면 돼요.

그런데 아가트는 일 년 열두 달 내내, 그것도 하루에 두세 시간은 빨래를 해야 할 거예요. 그 일이 아마 아가트가 하게 될 일 중에 가장 고될 거예요. 그 일만은 나도 거들어 줄 수가 없어요. 그렇지만 내가 한가할 때는, 울타리 위에 빨래 너는 일을 종종 도와 줄게요.

빨래 이야기가 났으니까 말인데, 과일나무에는 절대로 빨래를 널면 안 돼요! 아빠는 아무 말도 안 하시고 그냥 빨래들을 땅에다 던져 버릴 거예요. 그러면 또 엄마는 빨래에 조금만 흙이 묻었어도 틀림없이 그걸 다시 빨아오라고 하실 거예요.

그리고 신발 손질은 아가트에게 맡길게요. 사냥 구두에는 기름을 자주, 많이 발라 주고, 장화에는 구두약을 살짝만 발라야 해요. 구두약이 가죽을 상하게 하거든요.

사냥할 때 입는 바지가 흙투성이가 됐다고 해서 그걸 말끔하게 세탁하려고 애쓰지 마세요. 아버지는 진흙이 바지를 보호해 준다고 생각하거든요. 그래서 논밭 한가운데를 걸어다닐 때도 바짓단을 걷지 않아요. 하지만 난 아빠와 사냥을 하러 갈 때 바짓단을 걷어올리는 게 좋아요. 그 때마다 아빠는 '홍당무야 넌 진짜 사냥꾼은 못 되겠다.'고 하시지만, 나름대로 나에게도 이유가 있어서 그러는 거예요.

왜냐하면 엄마는 내가 사냥을 갈 때 '요 녀석 옷만 더럽혀와 봐라, 매맞을 줄 알아.' 이렇게 주의를 주시거든요.

그건 개인차가 있으니까 어쩔 수 없어요.

내 말은 아가트가 크게 불평할 일은 없을 거라는 거예요.

방학 동안에는 우리 둘이서 일을 나눠서 하면 되고, 누나, 형, 그리고 내가 기숙사로 돌아가면 일도 적어질 테니까 결국 마찬가지죠.

그리고 아무도 아가트에게 심술궂게 구는 사람은 없을 거예요. 우리 이웃들한테 물어 봐요, 아마 물어 보나 마나겠지만 말이에요.

에르네스틴 누나는 천사처럼 다정다감하고, 펠릭스 형은 마음씨가 비단결 같고, 아빠는 정직하고 사리 판단이 분명하고, 엄마는 요리 솜씨가 천하 제일이라고 할 테니 말이에요.

두고 보면 차차 알겠지만, 아마 식구 중에 내가 가장 퉁명스러울 거예요. 뭐 시간이 지나면 나도 다른 아이들과 똑같다는 것을 알게 되겠지만. 아가트는 나를 대하는 방법만 알면 돼요.

나도 생각이 있고, 또 잘못이 있으면 고쳐 나가려고 노력하고 있어요.

솔직이 말하자면, 나도 점점 나아지고 있고, 아가트가 조금만 도와 주면 서로 사이좋게 지낼 수 있을 거예요.

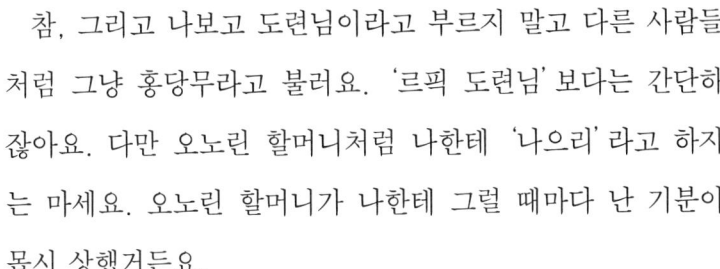

참, 그리고 나보고 도련님이라고 부르지 말고 다른 사람들처럼 그냥 홍당무라고 불러요. '르픽 도련님'보다는 간단하잖아요. 다만 오노린 할머니처럼 나한테 '나으리'라고 하지는 마세요. 오노린 할머니가 나한테 그럴 때마다 난 기분이 몹시 상했거든요.

장님

장님은 지팡이 끝으로 조심스럽게 문을 두드렸다.

르픽 부인 저 사람은 왜 또 온 거야?
르픽 씨 그걸 몰라서 물어 보는 거야? 몇 푼 달라는 거잖아. 오늘이 저 사람 오는 날이었군. 어서 열어 줘.

르픽 부인은 못마땅한 얼굴로 문을 열고 막무가내로 장님의 팔을 끌어 안으로 들어오게 했다.
"방 안에 계신 여러분, 안녕하세요."
장님이 말했다.
그는 한 발짝 앞으로 걸어 나왔다. 짤막한 지팡이가 마치 생쥐를 쫓듯이 바닥을 톡톡 두드리다가 의자에 부딪혔다.

장님은 의자에 걸터앉아 꽁꽁 언 두 손을 난로 쪽으로 내밀었다.

르픽 씨는 동전 한 닢을 꺼내더니, "자 여기 있소!" 하고 내주었다.

그런 다음 장님은 거들떠보지도 않고 신문을 읽기 시작했다.

홍당무는 은근히 재미있었다. 방 한쪽 구석에 앉아 장님의 신발을 바라보았다.

눈이 녹아 신발 주위에 벌써 물이 고여 있었다.

르픽 부인이 그것을 알아차리고 말했다.

"할아버지, 그 신 좀 이리 주세요."

부인은 신을 벽난로 아래로 가져갔지만 이미 때는 늦었다. 발밑에 질펀하게 물이 고여 있었다. 영문을 모르는 장님은 발이 축축해지니까 왼쪽 발을 들었다, 오른쪽 발을 들었다 하며 흙탕물이 된 눈을 사방으로 떨어뜨렸다.

홍당무는 손톱으로 방바닥을 긁어 흙탕물이 자기 쪽으로 흘러오도록 홈을 팠다.

"돈을 받았으면 됐지 또 무얼 바라고 안 가는 거야?"

르픽 부인은 들으라는 듯이 말했다.

그러나 장님은 정치 이야기를 꺼냈다. 처음엔 도둑놈을 꾸짖듯 조심스럽게 시작하더니, 나중에는 아주 마음놓고 떠벌렸다.

말이 막히면 지팡이를 휘두르고, 난로 연통을 주먹으로 쳤다가 뜨거워서 질겁을 해 움츠렸다. 그러고는 의심스러운 듯이 눈물이 마를 새 없는 눈을 부릅뜨고 흰자위를 굴렸다.

때때로 르픽 씨는 신문을 뒤적이면서 이렇게 맞장구를 쳐 주었다.

"그럴지도 몰라요, 티시에 영감님. 그럴 법도 한데, 그게 정말인가요?"

"아, 정말이냐구요? 정말이고말고요. 내 말 좀 들어 봐요. 내가 장님이 된 연유를 설명해야겠군."

장님이 소리쳤다.

"갈 생각이 없는 것 같군."

르픽 부인이 말했다.

사실 장님은 기분이 한결 좋아졌다. 장님이 된 이야기를 하면서 속시원히 신세타령을 했다. 말하자면, 혈관 속까지 맺혀 있던 얼음덩어리가 녹으며 몸 밖으로 나오고 있는 것 같았다. 옷과 팔다리에서 비지땀이 흐르는 것 같았다.

홍당무가 원하던 대로 바닥에 녹아 있던 물이 점점 불어나 홍당무 쪽으로 흘러왔다.

이 물을 가지고 재미있게 놀 수 있겠지.

그 때 르픽 부인이 아주 능청스럽게 교묘한 수를 쓰기 시작했다. 장님 곁을 슬쩍 스쳐 가면서 팔꿈치를 툭툭 건드리거나 심지어는 발등도 밟았다.

장님은 할 수 없이 뒷걸음질을 쳤다. 나중엔 뜨뜻한 불기운이 닿지 않는 찬장과 옷장 사이까지 물러났다.

당황한 장님은 어디가 어딘지 알아내려고 부산스럽게 몸을 움직였다. 그의 손가락이 짐승처럼 기어다녔다. 따뜻한 곳을 찾으려는 듯이 어둠 속을 헤매며 더듬었다. 장님의 몸은 또다시 얼음처럼 차가워지기 시작했다.

결국 장님은 울먹이는 목소리로 자신의 신세타령을 끝냈다.

"그게 그렇게 된 거죠. 이렇게 두 눈을 잃고, 남은 것이라고는 아무것도 없고, 그저 눈앞은 아궁이 속처럼 캄캄할 뿐이죠."

지팡이가 손에서 떨어졌다.

르픽 부인에게는 기회였다. 부인은 잽싸게 지팡이를 주워 장님에게 건네주었다. 사실 돌려주는 척만 했을 뿐이었다.

장님은 지팡이를 잡았다고 생각했는데 그렇지 않았다. 르픽 부인이 지팡이 끝을 쥐고 있었다. 그녀는 꾀를 써서 그가 자리를 옮기게 하고, 그에게 신발을 내주고, 결국은 문 쪽으로 움직이게 했다.

그러고는 장님을 슬쩍 꼬집어 앙갚음을 한 후 거리로 내보냈다. 눈을 다 쏟아 버린 회색빛 하늘이 두꺼운 이불처럼 내리누르고 있었고, 바람이 밖으로 쫓겨난 개처럼 을씨년스럽게 으르렁거렸다.

문을 닫기 전에 르픽 부인은 마치 귀머거리에게 얘기하듯 큰 소리로 외쳤다.

"잘 가세요. 그 돈은 잃어버리지 마시고…… 다음 일요일에 또 오세요……. 날씨가 좋고 영감님이 아직 이 세상에 살아 있다면 말이죠! 당신 말이 맞아요, 티시에 영감님. 누가 살고 누가 죽을지 사람의 앞일은 알 수 없거든요. 누구에게나 다 고통은 있어요. 하느님은 모든 사람을 위해서 계시니까, 도와 주실 거예요!"

설날

눈이 내린다. 설날은 역시 눈이 내려야 제 맛이다.

르픽 부인은 조심스럽게 중문을 잠가 두었다.

벌써부터 동네 아이들이 와서 문고리를 잡아 흔들고 발로 문짝 아래쪽을 두드렸다. 처음에는 조심조심 두드리더니, 그 다음에는 아주 화가 나서 발길로 찼다.

하지만 기다리다 못해 지친 아이들은 단념하고 르픽 부인이 엿보고 있는 창 쪽을 쳐다보고는 뒷걸음치면서 물러갔다. 이윽고 그들의 발자국 소리가 눈 속에서 숨을 죽이면서 사라졌다.

홍당무는 침대에서 펄쩍 뛰어내리더니 비누도 없이 뒤뜰 개울로 세수를 하러 나갔다. 물이 꽁꽁 얼어서 씻으려면 얼음을 깨야 했다. 얼음을 깨뜨리느라고 몸을 움직이자 난로의 열기보다 더

강한 열이 온몸에 퍼졌다. 하지만 고양이 세수하듯 얼굴에 물을 적시는 시늉만 했다. 뭐, 머리부터 발끝까지 단장을 해도 항상 더럽다고만 하니까, 대충 씻는 척만 하는 것이다.

홍당무는 설날의 행사를 생각하며 들뜨고 상쾌한 마음으로 펠릭스 형 뒤에 섰고, 펠릭스 형은 에르네스틴 누나 뒤에 섰다. 셋은 나란히 부엌으로 들어갔다. 르픽 부부가 평소처럼 무덤덤한 표정으로 부엌에 앉아 있었다.

에르네스틴 누나가 엄마 아빠에게 키스를 한 후 인사말을 했다.

"아빠, 엄마 안녕히 주무셨어요. 새해 복 많이 받으시고, 항상 건강하세요. 그리고 천국에 가시기를 빌게요."

펠릭스 형도 재빨리 똑같은 말을 하고 부모님에게 달려가 키스를 했다.

그런데 홍당무는 모자에서 편지 한 장을 꺼냈다. 봉해져 있는 봉투에는 이렇게 적혀 있었다.

'사랑하는 부모님께.'

주소는 적혀 있지 않았다. 봉투 모서리에는 울긋불긋 채색도 화려하며 희한한 새 한 마리가 날아가는 그림이 그려져 있었다.

홍당무는 그것을 르픽 부인에게 내밀었다. 부인이 받아 뜯어 보았다. 편지는 온갖 꽃이 아름답게 활짝 펴 있는 그림으로 꾸며져 있었고 가장 자리는 레이스로 장식되어 있었다. 가끔 가다 홍당무가 레이스의 구멍에 펜을 떨어뜨리는 바람에 생긴 얼룩이 옆

단어에까지 번져 있었다.

르픽 씨 내 건 아무것도 없구나!
홍당무 두 분께 드리는 거예요. 엄마가 보시고 나면 아빠께 드릴 거예요.
르픽 씨 그래, 너는 나보다 엄마가 더 좋단 말이지…… 어디 두고 보자, 요 10수짜리 새 돈이 네 호주머니에 들어가나 봐라!
홍당무 좀 기다리세요. 엄마 다 읽으셨어요.
르픽 부인 문장은 그럴 법하다만, 글씨가 엉망이어서 난 못 알아보겠다.

"자 이젠 아빠 차례예요."
홍당무는 황급히 말했다.
홍당무가 잔뜩 긴장하고 대답을 기다리고 있는 동안, 르픽 씨는 그 편지를 한 번 읽고, 두 번 읽고, 한참 살펴보더니 습관대로 "음, 음." 하고는 책상 위에 놓았다.
자신의 할 일을 다한 편지는 이제는 아무 소용도 없게 되었다. 그 편지는 이젠 모든 사람의 것이 되었다. 누구든지 볼 수 있고 만질 수 있었다. 에르네스틴 누나와 펠릭스 형이 번갈아 집어 들고 보고 철자가 틀린 곳을 찾아 냈다.
"여기서 홍당무가 펜을 바꿔 쓴 모양이지. 좀 알아보기가 수월

하네…….”

 둘은 이러쿵저러쿵하더니, 편지를 홍당무에게 돌려주었다.
 홍당무는 편지를 이리저리 뒤집어 보더니 바보같이 씩 웃었다. 그리고 이렇게 묻는 듯했다.
 '누구 편지 갖고 싶은 사람 없어요?'
 결국 홍당무는 편지를 모자 속에 다시 집어 넣었다.
 부모님이 새해 선물을 나누어 주었다. 누나는 자기만한, 아니 그보다 더 큰 인형을 받았다. 펠릭스 형은 장난감 병정 한 상자를 받았는데, 당장 전투놀이를 시작하려고 했다.
 “네게는 깜짝 놀랄 만한 선물을 주려고 한단다.”
 르픽 부인이 말했다.

홍당무 아, 그래요!
르픽 부인 뭐가 아, 그래요야! 벌써 알고 있는 거니? 그럼 보여
 줄 필요도 없겠군.
홍당무 아니에요. 제가 그걸 안다면 벼락을 맞아도 좋아요.

 그는 기대에 찬 표정과 과장된 몸짓으로 한쪽 손을 높이 들어 올렸다.
 르픽 부인이 장롱 문을 열었다.
 홍당무는 숨결이 가빠졌다.

부인은 장롱 깊숙이까지 어깨를 밀어넣더니, 천천히 꾸물거리면서 노란 종이로 포장한 담뱃대 모양으로 된 사탕 하나를 꺼냈다.

홍당무는 기뻐하며 환하게 웃었다. 그는 이 상황에서 자기가 해야 할 일을 알고 있었다.

홍당무는 부모님 앞에서, 누나와 형의 부러워하는 시선을 받으며 (어쨌든 사람이란 모든 걸 한꺼번에 가질 수는 없는 노릇이니까!) 얼른 담뱃대 모양의 사탕을 입에 물고 피우는 흉내를 냈다. 그는 그 빨강색 사탕 담뱃대를 두 손가락 사이에 끼워 들고 상반신을 잔뜩 뒤로 젖히고 머리를 약간 왼편으로 기울였다. 입을 오므리고 두 뺨이 쏙 들어가도록 뻑뻑 소리를 내며 한껏 들이마셨다.

공중을 향해 한 모금 멋지게 내뿜는 시늉을 하며 말했다.

"이거 참 좋은데요, 연기가 잘 나오는걸요."

가는 길 오는 길

르픽 도련님들과 르픽 아가씨가 방학을 맞아 집으로 돌아왔다.

역마차에서 내린 홍당무는 부모님 모습이 멀리서 보이자 이런 생각을 했다.

'지금쯤 부모님께로 달려가야 하지 않을까?'

그는 망설였다.

'아냐, 아무래도 지금 가는 건 너무 이르지. 그리고 여기서부터 뛰어가면 숨이 찰 거야. 게다가 매사에 그리 호들갑을 떨어서는 안 돼지.'

그래서 좀더 몽그작거렸다.

'여기서부터 뛰어야지…… 아니 저기서부터……'

이런 의문도 생겼다.

'모자는 언제쯤 벗어야 할까? 누구에게 먼저 키스를 해야 할까?'

그러는 동안에 펠릭스 형과 에르네스틴 누나가 먼저 달려가 부모님 품에 안겨 사랑을 받았다.

홍당무가 갔을 때는 부모님의 사랑과 반가움은 남아 있지 않았다.

"아니, 나이가 몇인데 아직 아빠라고 부르는 거냐? 아버지라고 부르거라! 그리고 악수하는 거야. 그게 더 점잖다."

르픽 부인이 말했다.

그러고 나서 르픽 부인은 홍당무의 이마에 키스를 한 번 살짝 해 주었다. 홍당무가 상처받을까 봐 마지못해서 해 준 것이다.

사실 홍당무는 방학이 되어 집으로 돌아오자, 너무 기뻐서 눈물이 날 지경이었다. 그가 속마음과는 전혀 다른 행동을 하는 일은 종종 있는 일이었다.

기숙사로 돌아가는 날 (이 날은 시월 초이튿날 월요일 아침이며 성령제(聖靈祭) 미사로 시작한다) 역마차 방울 소리가 들리자 르픽 부인은 와락 아이들에게 달려들어 두 팔로 한꺼번에 꼭 껴안아 주었다. 그러나 홍당무는 그 대상에 끼지 못했다.

제 차례가 오려니 하고 홍당무는 지긋이 기다리고 있었다.

한 손은 벌써 마차 손잡이 끈을 쥐고 작별 인사도 모두 준비해 두었다. 마음이 몹시 우울해져 마음에도 없는 콧노래가 나왔다.

"어머니, 안녕히 계셔요."

홍당무는 의젓하게 인사를 했다.

"아니 쟤가! 왜 그러는 거니? 왜, 다른 애들처럼 엄마라고 부르기가 싫단 말이냐? 저런 애를 어디서 또 봐! 아직 코흘리개 어린애가 어른 흉내를 내다니!"

그러면서도 르픽 부인은 홍당무의 이마에 키스를 한 번 해 주었다. 그것도 홍당무가 뾰로통해질까 봐 마지못해서 꼭 한 번.

홍당무

펜대

르픽 씨는 장남 펠릭스와 홍당무를 중학교 과정을 가르쳐 주는 생 마르크 기숙학교에 보냈다. 그 곳 학생들은 하루에 네 번씩 운동 삼아 산책을 했다. 그 길은 날씨가 좋을 때는 매우 상쾌했고, 비가 내릴 때에도 몸이 젖는다기보다 오히려 시원함을 느낄 정도로 짧은 거리였다. 이 산책길 덕분에 학생들의 건강은 일 년 내내 좋았다.

오늘도 학생들이 오전 수업을 마치고 산책을 나갔다가 양 떼처럼 줄을 지어 터벅터벅 학교로 돌아오고 있을 때, 별안간 고개를 숙이고 걷고 있는 홍당무에게 누군가 큰 소리로 말했다.

"홍당무, 저기 좀 봐! 저기 네 아버지 계신다!"

르픽 씨는 이렇게 갑자기 찾아와서 아들들을 놀라게 하는 것을 좋아했다. 그는 편지 한 장, 전보 한 통 없이 별안간 찾아왔다. 그는 길모퉁이에서 뒷짐을 지고, 입에 담배를 물고 건너편 보도 위에 서 있곤 했다.

홍당무와 펠릭스 형은 아버지 쪽으로 달려갔다.

"정말이네! 난 아빠라고는 꿈에도 생각 못 했어요."

홍당무가 말했다.

"정말이지, 넌 내 얼굴을 보아야만 내 생각이 난단 말이냐?"

르픽 씨의 말에 홍당무는 뭔가 애정어린 말을 하고 싶었지만 떠오르는 말이 없었다. 그만큼 정신이 없었다. 홍당무는 발돋움하여 아빠에게 키스를 하려고 애를 썼다. 입술이 아빠의 턱수염에 닿자 르픽 씨는 마치 홍당무의 키스를 피하는 것처럼 반사적으로 머리를 젖혔다. 그리고 나서는 몸을 숙이는 듯하더니 또다시 물러났다. 아빠의 뺨을 찾던 홍당무의 입은 이번에도 놓치고 말았다. 코를 간신히 스쳤을 뿐이었다. 허공에다 키스를 한 셈이었다. 이제 홍당무도 포기했으며 다시 하려고 애쓰지도 않았다. 그렇지만 홍당무는 아빠의 이상한 행동이 도대체 무엇 때문인지 알아 내려고 애썼다.

'아빠가 이젠 더 이상 날 사랑하지 않는 걸까?'

홍당무는 속으로 이렇게 생각해 보았다.

'펠릭스 형에게 키스하는 걸 내 눈으로 봤는데, 그것을 피하기는커녕 오히려 더 적극적이었단 말이야. 그럼 어째서 내 키스는 피하는 걸까? 내가 샘이 나도록 하려는 걸까? 늘 이런 식이기는 했어. 석 달만 이렇게 멀리 떨어져 있으면 난 엄마 아빠가 굉장히 보고 싶어져. 그래서 난 엄마 아빠를 만나기만 하면 강아지처럼 목에 매달리려고 했지. 무척이나 반가워하면서 다정하게 대해 줄 거라 기대하면서. 그러나 정작 만나면, 부모님들은 이런 내 기대를 저버리고 만단 말이야.'

홍당무는 이런 슬픈 생각에 잠겨 있느라 '그리스 어 공부는 잘 돼 가느냐?' 는 아빠의 물음에 제대로 대답을 할 수가 없었다.

홍당무 그거야 뭐, 내용에 따라 다르죠. 작문보다 더 쉬워요. 해석은 짐작으로도 할 수 있거든요.

르픽 씨 그럼, 독일어는?

홍당무 아빠, 독일어는 발음이 너무 어려워요.

르픽 씨 바보 같으니라고! 전쟁이라도 터지면 그들의 말도 모르고 어떻게 그들과 싸워 이길 수 있단 말이냐?

홍당무 걱정 마세요! 그 때까지는 할 수 있을 거예요. 아빠는 전쟁 얘기로 위협을 하시지만, 전쟁은 제가 졸업할 때까지는 절대로 일어나지 않을 거예요.

르픽 씨 마지막 작문 시험은 몇 등이나 했니? 설마 꼴찌를 한 건 아니겠지?

홍당무 꼴찌도 한 명 있어야 하죠.

르픽 씨 이런 멍청한 녀석 같으니! 그래도 난 네게 점심을 사 주려고 왔는데. 오늘이 휴일이었으면……, 평일에는 너희들 공부를 방해하고 싶지 않단다.

홍당무 전 오늘 특별히 할 일 없는데요. 형은 어때?

펠릭스 형 나도 괜찮아. 오늘 아침에 선생님께서 숙제 내주는 걸 잊으셨거든.

르픽 씨 그런 때일수록 학과 공부를 더 열심히 해야지.

펠릭스 형 아! 벌써 다 알고 있는 내용인걸요. 아빠, 어제하고 똑같은 내용이거든요.

르픽 씨 아무튼 오늘은 이만 돌아가는 게 좋을 것 같구나. 돌아오는 일요일까지 여기 있도록 해 보마. 그럼, 그 때 오늘 먹으려고 했던 점심을 같이 먹도록 하자.

펠릭스 형이 뾰로통한 얼굴을 하고, 홍당무가 조용히 침묵을 지켜도 작별 인사를 미룰 수는 없었다. 결국 헤어질 순간이 왔다.

홍당무는 불안스럽게 그 순간을 기다렸다.

'이번엔 알 수 있을 테지.'

홍당무는 속으로 생각했다.

'어디 이번엔 제대로 키스할 수 있을지…… 아빠가 내 키스를 싫어하는지 어떤지를 정확히 알 수 있을 테지.'

홍당무는 단단히 마음을 먹고 아빠를 뚫어져라 쳐다보며 입을 삐죽 내밀고 다가갔다. 그러나 이번에도 역시 르픽 씨는 손으로 제지하며 그를 떼어놓았다.

"이녀석아, 그 귀에 꽂은 펜대로 기어코 내 눈을 찌르고야 말겠구나. 키스할 때는 딴 곳에 둘 수 없겠니? 아빠 봐라, 난 이렇게 담배를 입에서 빼지 않았니?"

홍당무 아! 아빠 제가 잘못했어요. 제가 실수를 할 뻔했네요. 진작에 알려 주시지 않으셨으면 큰일날 뻔했어요. 그 펜대가 제 귀에 꽂혀 있다는 사실을 잊어버리게 돼요. 그래도 펜촉만이라도 뽑아 놨어야 했는데! 아빠, 전 아빠가 펜대를 무서워했다는 걸 알게 돼서 참 기뻐요.

르픽 씨 아니, 이녀석아! 하마터면 네 아빠를 애꾸눈으로 만들 뻔한 게 뭐가 그리 좋아서 웃는 거냐.

홍당무 그게 아니에요, 아빠. 전 다른 일로 웃은 거예요. 저 혼자 바보 같은 생각을 하고 있었어요.

붉은 뺨

1

생 마르크 기숙학교 사감은 매일 하는 점호(點呼)가 끝나자 학생들의 침실을 나갔다. 학생들은 일제히 자기 담요 속으로 기어들어갔다. 이불 밖으로 몸이 나오지 않도록 몸을 웅크리고 마치 자루 속에 들어가듯이 미끄러져 들어갔다. 사감 선생님 비올론은 전체적으로 한 번 휙 둘러보고, 모두 자리에 누운 것을 확인하고 나서, 발끝을 돋우어 서서 가만히 가스등 불빛을 줄였다. 그러면 아이들은 양 옆에 누운 아이들과 잡담을 시작했다. 머리맡 사이로 소곤소곤 이야기 소리가 오고 갔다. 움직이는 입술에서 나오는 웅성거리는 소리가 침실 전체를 가득 채웠다. 이따금 짤막한 허밍 소리가 귀에 선명하게 들릴 정도였다.

그칠 줄 모르는 웅성거리는 소리는 몹시 신경에 거슬렸다. 아이들의 재잘거리는 소리는 마치 보이지 않는 곳에서 바쁘게 움직이며 침묵을 갉아먹는 생쥐 같았다.

비올론은 슬리퍼를 신고 얼마 동안 침대 사이를 돌아다녔다. 비올론은 학생들의 발을 간질이기도 하고 잠잘 때 쓰는 모자 끈을 잡아당기기도 하며 돌아다니다가, 마르소 곁에 가서 발을 멈추었다. 비올론은 매일 저녁 마르소하고 밤늦도록 이야기를 주고받았다. 여러 학생들에게 본보기를 보여 주는 셈이었다. 그러면 학생들은 조금씩 담요를 끌어올려 입을 덮듯이 차차 이야기 소리를 작게 하다가 숨소리까지 죽이고 결국 잠이 들고 만다. 하지만 사감 선생님은 아이들이 잠든 후에도 여전히 마르소 침대 쇠틀에 두 팔꿈치를 괴고 엎드려 있었다. 팔이 저리고 개미 떼가 피부 위에서 손가락 끝까지 기어다니는 것 같았지만 개의치 않았다.

비올론은 재미 없는 이야기를 한참 동안이나 했다. 그녀는 마르소가 졸리지 않도록 비밀 이야기, 사랑의 추억 이야기 따위를 늘어놓으며 그를 잠들지 못하게 했다. 비올론은 얼굴에 빨갛게 물드는 보드랍고도 맑은 홍조를 띠고 투명하고 해맑은 뺨을 가진 마르소를 무척 귀여워했다. 마르소의 피부는 피부가 아니라 마치 과일 속살 같았다. 그 피부는 공기가 조금만 바뀌어도 지도 위에 반지를 올려놓으면 어렴풋하게 그림자가 드러나듯이 서로 얽힌 가느다란 핏줄이 드러나곤 했다. 그뿐 아니라, 마르소는 아무 이유 없이 얼굴을 붉혀 사람의 간장을 녹이는 방법을 알고 있었다. 그것이 또한 아주 매력적이어서 친구들에게 소녀처럼 사랑받았다. 종종 이런 일이 있었다. 친구가 손가락 끝으로 그의 뺨을 꾹 눌렀다가 갑자기 떼면 하얗게 손가락 자국이 찍혔다가 금세 붉은 빛으로 물들었다. 그 아름다운 홍조가 마치 맑은 물에 붉은 포도주 한 방울을 떨어뜨린 것처럼 순식간에 퍼졌다. 장밋빛 코에서 백합빛 귀까지 퍼지는 찬란하게 변하는 색조였다. 친구들은 누구든지 이것을 실험해 볼 수 있었다. 마르소는 기꺼이 자신의 뺨을 빌려 주었다. 그래 그는 '등불 초롱', '붉은 뺨' 따위의 별명을 얻었다. 얼굴을 붉히는 그 신비한 능력 때문에 그를 시기하는 아이들도 적잖이 생겼다.

그의 바로 옆 침대를 사용하는 홍당무는 누구보다도 그를 시기했다. 홍당무는 희멀건한 데다가 몸은 콩나물처럼 부실하고, 얼굴은 분을 바른 듯한 어릿광대 같은 자신의 핏기 없는 얼굴을 아프도록 꼬집어 보곤 했다. 그렇다고 그렇게까지 하다니! 하지만 간혹 붉은 점만 생기고 말았다. 홍당무는 할 수만 있다면 마르소의 그 곱상한 뺨을 손톱으로 할퀴고 오렌지 껍질처럼 벗기고 싶었다. 벌써 오래 전부터 비올론과 마르소의 관계를 의심하고 있던 홍당무는 비올론이 오자 귀를 기울였다. 둘의 행동이 수상쩍기도 했고, 사감 선생님이 왜 그렇게 비밀스런 행동을 하는지 몹시 궁금했기 때문이다.

홍당무는 어린 스파이가 생각해 낼 수 있는 모든 꾀, 코 고는 시늉도 하고 일부러 돌아눕기도 했다. 또 잠결에 가위눌린 것처럼 날카로운 소리를 지르기도 했다. 이 소리에 방 안의 모든 학생들이 깜짝 놀라 침대마다 담요가 들썩거리며 침실이 술렁였다.

홍당무는 비올론이 돌아가자, 상체를 침대 밖으로 내밀고 거센 소리로 외쳤다.

"이 변태들아! 더러운 것들!"

대답이 없었다. 홍당무는 침대 위에 꿇어앉더니 마르소의 팔을 잡고 힘껏 흔들면서 불렀다.

"야! 이 바보야!"

들리지 않는 건지 못 들은 척하는 건지 또 대답이 없었다. 홍당무는 화가 치밀어 다시 말했다.

"더러운 것들! 내가 너희들을 못 본 줄 알아? 야, 말 좀 해 봐! 비올론이 네게 키스한 거 다 알아. 그런데도 그 사람이 변태가 아니란 말이야!"

홍당무는 두 손으로 침대틀을 불끈 쥐고 성난 거위처럼 목을 위로 쭉 빼고 떠들었다.

그러나 이번에는 대답을 들을 수 있었다.

"그래! 그게 어쨌단 말이냐?"

홍당무는 쏜살같이 허리를 미끄러트리며 담요 속으로 쏙 들어갔다.

홍당무

사감 선생님이 갑자기 침실로 등장했던 것이다.

2

"그래, 내가 마르소에게 키스했어."
비올론이 말했다.
"마르소, 숨길 필요 없어, 넌 잘못한 게 없으니까. 난 네 이마에 키스를 했을 뿐이야. 그런데 홍당무는, 못된 송아지 엉덩이에 뿔 난다고 그게 순결한 키스라는 걸, 아버지가 자식에게 하는 키스라는 걸 모르는 거야. 그리고 내가 널 아들처럼 ― 네가 좋다면 동생이라도 좋지 ― 아들처럼 사랑하고 있다는 걸 저놈은 모르니까. 내일이면 저 멍청한 놈이 학교 전체에 이상한 소문을 퍼트리고 돌아다닐 테지!"
비올론의 목소리가 웅웅 울리고 있어 다 들리는데도 홍당무는 잠든 체하고 있었다. 그러나 끝까지 들을 속셈으로 홍당무는 귀를 쫑긋 세우고 있었다.
마르소는 숨을 죽여 가며 사감 선생님의 말에 귀를 기울이고 있었다. 비올론이 하는 말이 그럴듯하기는 했지만, 그러면서도 어쩐지 무슨 비밀이 드러날까 봐 조마조마했다. 그는 되도록 낮은 목소리로 이야기를 계속했다. 멀리서 중얼거리는 것처럼 말소리가 부정확해서 알아듣기가 힘들었다.

홍당무는 새삼스럽게 돌아눕기도 무엇해서 슬그머니 허리를 움직여 바싹 다가 누워 봤지만 조금도 알아들을 수가 없었다. 지나치게 그쪽으로 신경을 써서 그런지 귀가 깔때기 모양으로 커진 듯한 느낌이었다. 그러나 한 마디도 귀에 안 들어오기는 마찬가지였다.

홍당무는 예전에도 엿듣기 위해 열쇠 구멍에 눈을 대고 보았던 기억이 났다. 그 때 그 열쇠 구멍을 넓히고 싶었던, 보고 싶은 그 광경을 쇠갈퀴로 끌어당기고 싶었던 느낌이 되살아났다.

여하튼 비올론은 아직도 되풀이해서 말하고 있었다.

"그래, 내 애정은 진심으로 순수한 것이다. 저 바보 같은 녀석이 이해하지 못한다 하더라도 말이야!"

그러고 나서 사감 선생님은 그림자처럼 살그머니 마르소 이마 위에 몸을 굽히더니 또 키스를 하고, 붓처럼 덥수룩한 턱수염을 어루만진 후 일어나 나갔다.

홍당무는 가지런히 놓인 침대 사이를 빠져 나가는 비올론의 뒷모습을 두 눈으로 열심히 쫓았다. 비올론의 손이 누군가의 베개에 스치면, 그 아이는 한숨을 쉬며 옆으로 돌아누웠다.

홍당무는 한참 동안 동정을 살피고 있었다. 또다시 비올론이 갑자기 되돌아올까 봐 겁이 났던 것이다. 벌써 마르소는 침대 속에 몸을 동그랗게 웅크리고 이불을 머리 위까지 푹 쓰고 있었다. 그렇지만 정신은 말똥말똥해서 좀 전의 사건을 곰곰이 되새겨 보고 있었다. 도무지 어떻게 생각해야 할지 알 수 없었다. 아무리 생각해도 마음에 거리낄 만한 행동이라곤 조금도 없는 것 같았다. 그러면서도 어두컴컴한 이불 속에서 자꾸만 비올론의 모습이 생생하게 떠올랐다. 마치 그의 꿈 속에 나타난 아름다움 여자들처럼 다정스러웠다.

홍당무는 기다리다 그만 지쳐 버렸다. 눈꺼풀에 자석이라도 붙은 것처럼 서로 이끌려 붙었다. 거의 꺼져 가는 가스등을 억지로라도 바라보려 했다. 그러나 가스등 심지에서 빤짝빤짝 튀는 불꽃을 셋까지 세고 나서 그만 사르르 잠이 들고 말았다.

3

그 다음 날 아침, 학생들이 세면실에서 수건 한쪽 끝을 찬물에 적셔 가지고, 추위에 부르르 떨며 고양이 세수하듯 광대뼈를 살짝살짝 문지르고 있을 무렵이었다.

홍당무가 심술궂은 눈으로 마르소를 노려보았다. 그리고는 한껏 앙칼스럽게 보이려고 이를 악물고 또다시 그를 놀렸다.

"에이, 변태! 변태야!"

마르소의 양 뺨이 단번에 새빨개졌다. 그러나 별로 성난 기색도 없이 애원하는 눈빛으로 쳐다보며 말했다.

"네가 생각하는 그런 게 아니라니까!"

비올론이 손 검사를 하러 왔다. 학생들은 두 줄로 늘어선 채, 처음에는 손등을, 다음에는 손바닥을 기계적으로 내보였다. 그러고는 끝나기가 무섭게 따뜻한 곳으로, 주머니 속이라든지 가장 가까운 곳에 있는 방석 밑으로 손을 넣었다. 평소에 사감 선생님은 손을 자세히 검사하지 않았다. 그런데 오늘따라 홍당무 손이 깨끗하지 않다고 말했다. 다시 닦고 오라는 말을 듣고 홍당무는 불끈했다. 사실 푸르스름한 점이 눈에 띄기는 했다. 하지만 홍당무는 그게 동상에 걸리기 시작한 것이라고 우겼다. 사감 선생님은 분명히 홍당무에게 분풀이를 하려는 것이었다.

비올론은 홍당무를 교장 선생님께 데리고 갔다.

교장 선생님은 아침 일찍부터 교장실에서 상급생들에게 가르칠 역사 수업을 준비를 하고 있었다. 책상보 위에 굵은 손가락 끝을 꾹꾹 눌러 가며 역사상 중요한 곳마다 표시했다. ─ 여기는 로마 제국의 몰락, 중앙은 터키 군의 콘스탄티노플 함락, 그리고 어디서 시작하고 어디서 끝날지 모르는 현대사(現代史).

교장 선생님은 큼직한 실내복을 입고 있었다. 튼튼해 보이는 가슴에 다양한 색으로 꾸며진 허리끈을 감은 모습이 흡사 둥근 기둥에 밧줄을 감아 놓은 것 같았다. 뚱뚱한 것으로 보아 분명히 과식을 하는 사람일 것이다. 또 얼굴에는 기름이 번지르르했다. 그리고 그는 말투가 거칠었다. 심지어는 여자들을 대할 때도 그랬다. 목덜미에 늘어진 군살이 옷깃 위에서 천천히 율동적으로 굽이치고 있었고, 동그란 눈과 짙은 수염도 유난히 눈에 띄었다.

홍당무는 그 앞에 서서 자유롭게 움직이기 위해 모자를 벗어 다리 사이에다 끼고 섰다.

교장 선생님이 엄한 목소리로 물었다.

"무슨 일이지?"

"사감 선생님이 제 손이 더럽다고 이리로 보냈어요. 하지만 사실이 아니에요!"

그러고는 교장 선생님 앞에서 제 손을 또 한 번 앞뒤로 뒤집어 보였다. ─처음에는 손등 그 다음에는 손바닥을 보이며 그는 증거로 제시했다.

"그래? 손이 더럽지 않다? 사감 선생 말이 맞군. 나흘 동안 근신(謹愼)이다!"

"교장 선생님, 사감 선생님은 절 미워해요!"

"뭐? 널 미워한다고! 이놈 일 주일간 근신이다!"

홍당무는 교장 선생님의 성미를 잘 알고 있었다. 이 정도 처벌은 약과에 속한다. 홍당무는 이보다 심한 처분에도 당당히 맞설 각오를 하고 있었다.

그는 뺨이라도 한 대 맞게 될 때를 대비해 양쪽 다리에 잔뜩 힘을 주고 단단히 각오를 하고 서 있었다.

왜냐하면 손 검사 문제로 말썽을 부리는 학생들을 종종 때리는 습관이 있었기 때문이다. 방심하면 안 된다. 언제 휙 하고 날아올지 모르므로 학생은 몸을 슬쩍 낮추어 피할 준비를 하고 있어야 했다.

학생들이 피하면 교장 선생님은 몸을 제대로 가누지 못해 비틀거렸다. 그러면 학생들은 모두 입을 틀어막고 웃어 댔다. 그러면 그도 다시 때리려고 하지는 않았다. 그런 모습이 교장으로서의 위엄을 떨어뜨린다고 생각했기 때문이다. 처음 때릴 때 성공하지 못하면 절대 다시 손대지 말아야 하는 것이다.

"교장 선생님."

홍당무는 정말 대담하고 의기양양하게 말했다.

"사감 선생님하고 마르소가 수상한 행동을 해요!"

그러자 교장 선생님의 두 눈이 갑자기 모기라도 날아든 것처럼 끔뻑거렸다. 책상 양 끝 모서리를 힘차게 짚고 엉거주춤 몸을 일으키더니, 홍당무의 가슴 한복판을 들이받기라도 하려는 듯이 머리를 앞으로 내밀고 호기심에 찬 목소리로 물었다.

"무슨 짓을 한단 말이냐?"

뜻밖의 반응이었다. 홍당무는 앙리 마르탱이 쓴 두꺼운 책이 한 권 날아올 줄 알았는데 (아마 그러다가 조금 후에 날아올지도 모르지만), 그런데 지금 그는 자세한 이야기를 듣겠다는 것이었다. 교장 선생님의 목주름들이 하나로 합쳐져서 고리 모양을 만들고 그

두터운 가죽 동그라미 위에 비스듬히 머리가 자리잡고 있었다.

홍당무는 적당한 말이 생각나지 않아 망설였다.

그러더니 난처한 표정으로 등을 구부려 어색하고 어설픈 자세로 다리 사이에서 납작해진 모자를 꺼냈다. 그리고 점점 더 몸을 움츠리며 슬그머니 모자를 턱밑에까지 들어올린 후 천천히 그리고 잽싸게 원숭이 같은 얼굴에 모자를 쓰고 한 마디도 못 하고 도망쳤다.

4

바로 그 날, 간단한 조사를 받은 뒤 비올론은 해고당했다. 이별의 순간은 감격적이었다. 하나의 의식이라고 해도 손색이 없었다.

"다시 돌아오마. 잠시 휴가를 가는 거야."

그는 이렇게 말했다.

그러나 아무도 그런 말에 속아 넘어가지 않았다. 기숙사에서는 마치 곰팡이가 슬까 봐 겁내는 것처럼 걸핏하면 사람을 바꿨다. 비올론도 다른 사감 선생님처럼 해고당한 것이었다. 다른 점이 있다면 이전 사람들보다 더 빨리 쫓겨났다는 것이다. 기숙사생 대부분이 그를 좋아했다. 이를테면 '누구누구의 그리스 어 공책'처럼 공책의 표제를 쓰는 기술에 있어서는 그를 당할 사람이 없었다. 대문자를 쓸 때는 간판에 쓰는 것처럼 정확했다.

학생들이 의자에서 일어나 모두 사감 선생님의 책상 주위를 에워쌌다. 녹색 보석 반지가 번쩍이는 그의 손이 종이 위에서 멋지게 움직이고 나면 한쪽 끝에 서명이 남았다. 그 서명은 물 위에 던진 돌처럼 물결을 그리며 규칙적이면서도 변화무쌍한 소용돌이를 일으켰다. 규칙적이면서도 돌변하는 그 선의 움직임이 하나의 사인(sign)이 되었고 그대로 조그마한 걸작이 되었다. 그 서명의 꼬리는 길을 잃고 온데간데없이 자취를 감추었다. 그 꼬리를 찾으려면 자세히 들여다보고 오래오래 살펴보아야 했다. 펜 끝을 한 번도 떼지 않고 단숨에 내려갈긴 것은 두말 할 것도 없었다.

한 번은 '퀴 드 랑프'라고 불리는 얽힌 줄무늬를 그린 적도 있었다. 학생들은 그 솜씨에 감탄해 마지않았다. 학생들은 그를 떠나보내는 게 몹시 슬픈 모양이었다.

그들은 기회만 있으면 교장 선생님께 항의를 해야 한다고 주장했다. 즉 뺨에 공기를 한가득 불룩하게 넣고 입술로 벌 떼들이 내는 소리를 흉내내어 불만을 표시하기로 했다.

언젠가는 반드시 그 계획을 실행에 옮길 것이다. 어쨌든 지금은 서로 슬퍼하기 바빴다.

비올론은 아이들이 자신이 떠나는 걸 섭섭히 여기는 걸 눈치채고 일부러 아이들의 쉬는 시간에 떠났다.

비올린이 한 소년에게 자신의 짐 가방을 들게 하고 앞장서서 운동장에 나타나자, 학생들은 달려들었다. 비올린은 아이들과 악수를 하랴, 얼굴을 쓰다듬어 주랴, 붙드는 외투자락을 찢어지지 않도록 잡아 빼랴, 애들이 둘러싸고 매달리고 하니 또 감동해서 그들에게 미소를 던지랴, 한창 바빴다.

어떤 학생들은 철봉에 매달리고 있다가 재주넘기를 그만두고 뛰어내렸다. 입은 떡 벌린 채였고, 이마는 땀에 젖었고 셔츠 소매를 걷어올리고, 손은 온통 진흙 투성이였기 때문에 손가락을 쫙 펴고 있었다. 좀더 점잖은 아이들은 운동장을 그저 빙빙 돌고 있다가 손을 흔들어 작별 인사를 보냈다. 짐 가방을 든 학생은 무거워서 쩔쩔매며 허리가 한쪽으로 휘였고, 비올론과 간격을 두려고 걸음을 멈췄다.

어린 학생 하나가 진흙 속에서 놀던 손을 그냥 소년의 하얀 옷에 문혔다. 마르소의 두 뺨은 물감이라도 칠한 듯이 빨갛게 홍조가 떠올랐다. 그는 생전 처음 고민을 느꼈다. 그러나 비올론에게 사촌 누이동생과 헤어질 때 느끼는 그런 정도의 아쉬움을 느끼고 있음을 부정할 수 없었고, 또 자신의 그런 마음 때문에 당황하고 가슴 설레어 가까이 가지 못하고 거리를 두고 떨어져 서 있었다.

비올론이 태연스럽게 마르소 쪽으로 걸어가고 있을 때였다. 난데없이 유리창 부서지는 소리가 들려왔다. 모든 사람의 시선이 일제히 근신실(謹慎室)의 살창문을 향했다.

못생기고 사나운 홍당무의 얼굴이 나타난 것이다. 홍당무는 얼굴을 찌푸렸다. 머리카락이 앞으로 흩어져 내려와 눈을 가릴 지경이었고, 하얀 이를 내보인 그 얼굴은 마치 우리에 갇혀 있는 사나운 짐승 새끼의 해쓱한 모습이었다.

홍당무는 오른손을 부서진 유리 조각 사이로 쑥 내밀었다. 유리에 손이 찔리자 더 신이 난 듯이 피투성이가 된 주먹을 휘둘러 비올론을 위협했다.

"이 밥통 같은 녀석아! 이제 속이 시원하냐?"

비올론이 소리질렀다.

"그럼요!"

홍당무도 또 한 번 주먹을 들어 쨍그랑 소리와 함께 유리창을 부수며 고함쳤다.

"왜 그녀석에게만 키스해 주고 나에게는 안 해 준 거죠?"

그리고는 상처가 나서 피가 흐르는 손으로 얼굴을 문지르며 한마디 더 던졌다.

"나도 이렇게 하면 붉은 뺨이 되잖아요. 어때요?"

이 사냥

    펠릭스 형과 홍당무가 생 마르크 기숙학교에서 돌아오자 르픽 부인이 그들더러 발을 씻으라고 했다. 벌써 석 달 전부터 씻어야 했는데 미룬 것이다. 기숙사에선 좀처럼 발을 씻지 않았기 때문이다. 그뿐 아니라 기숙사 규칙의 어느 항목에도 그런 건 적혀 있지 않았다.

    "홍당무야, 네 발은 까마귀 발 같구나!"

    르픽 부인이 말했다.

    사실이다. 홍당무의 발은 항상 펠릭스 형보다 더 새까맸다.

    왜 그럴까? 둘은 똑같은 제도 아래서 똑같은 공기를 마시며 살고 있는데 말이다.

    물론 석 달이 지나고 보니 펠릭스 형의 발도 하얗지만은 않았다. 홍당무는 어느 틈에 신발을 벗고 남이 보기가 무섭게 펠릭스 형이 씻고 있는 물 속에 발을 담갔다. 이윽고 땟물이 헝겊 조각처럼 그 괴물 같은 네 발 위를 덮었다.

르픽 씨는 늘 하던 대로 이 쪽에서 저 쪽으로 왔다 갔다 하면서 아들들의 성적표를 읽고 또 읽고 하였다. 특히 교장 선생님이 직접 쓴 의견을 되풀이하여 읽었다.

펠릭스 형에 대해서는 이렇게 적혀 있었다.

산만하지만 총명함. 좋은 성적을 거둘 것임.

홍당무에 대해서는 이렇게 써 있었다.

본인이 하려고만 하면 뛰어난 학생이 될 수 있음. 그러나 의욕이 없음.

르픽 씨는 홍당무가 뛰어나다는 평가를 받은 걸 보자 우스웠다. 지금 홍당무는 두 팔로 무릎을 감싸안고 발을 물 속에 담근 채, 때를 불리고 있었다.

홍당무는 식구들이 유심히 자기를 살펴보는 것을 느꼈다.

검붉은 머리카락이 너무 자라서 오히려 더 지저분해진 것 같았다.

르픽 씨는 본디 감정을 있는 그대로 드러내는 걸 싫어하는지라, 아들을 다시 만난 반가움을 장난으로 표현했다. 옆으로 갈 때 스치면서 홍당무의 귓바퀴를 손가락으로 한 번 퉁겼다. 다시 이쪽으로 돌아오는 길에는 또 팔꿈치로 슬쩍 밀쳤다. 그러면 홍당무는 그저 킬킬대고 웃었다.

또 르픽 씨는 홍당무의 더벅머리 속에 손을 넣고 마치 이를 죽이려는 것처럼 손톱을 머리 표면에 대고 꾹꾹 퉁겼다. 그가 즐겨 하는 장난이었다.

그런데 정말 이를 한 마리 죽였다.

"이럴 줄 알았지. 내 손에 딱 걸렸군!"

좀 꺼림칙해진 르픽 씨가 홍당무의 머리카락 속에 손가락을 넣고 문지르는데, 르픽 부인이 두 손을 번쩍 공중으로 들어올리면서 말했다.

"그럴 줄 알았다니까."

르픽 부인은 기가 막힌다는 듯이 말했다.

"아니, 어쩜 이렇게 더러울 수가! 에르네스틴, 대야 좀 찾아오너라. 네가 할 일이 생겼구나."

에르네스틴 누나는 서둘러 대야와 참빗, 그리고 식초를 따른 접시를 가져왔다. 마침내 이 사냥이 시작됐다.

그 때 펠릭스 형이 고함쳤다.

"나 먼저 빗겨 줘! 홍당무에게 나도 옮았을 거야."

그러고는 손가락으로 야단스럽게 머리를 벅벅 긁어내리며, 물에다 머리를 담가야겠다고 물통을 갖다 달라고 소리소리 질렀다.

돌봐 주기를 좋아하는 에르네스틴 누나가 펠릭스 형을 달랬다.

"펠릭스, 좀 조용히 해. 내가 어련히 알아서 해 줄까 봐."

에르네스틴 누나는 펠릭스 형의 목에다 보자기를 둘러 주고는, 어머니다운 솜씨와 끈기를 보여 주었다. 한 손으로 머리를 헤치고, 또 한 손으로는 제법 솜씨 있게 빗질을 했다. 에르네스틴 누나는 짜증을 내거나 머릿속에 사는 벌레를 무서워하는 기색도 없이 이를 찾았다.

"또 한 마리!"

누나가 한 마리씩 잡아서 셀 때마다 펠릭스 형은 물통에 머리를 담근 채 발을 구르며, 홍당무에게 주먹을 쥐어 보였다. 홍당무는 아무 말 없이 자기 차례를 기다리고 있었다.

"펠릭스, 이제 넌 끝났어. 세어 봐, 여덟 마리밖에 없어. 이제 홍당무의 머리에는 얼마나 있나 좀 세어 보자."

빗질을 딱 한 번 했을 뿐인데, 단번에 홍당무가 펠릭스 형을 앞질렀다. 에르네스틴은 이가 사는 곳을 건드렸다고 생각했지만 사실 유난히 이가 많이 몰려 있는 곳을 긁은 것이었다.

식구들이 홍당무 주위로 모두 모여들었다. 에르네스틴 누나는 신이 났다. 르픽 씨는 뒷짐을 진 채, 호기심에 가득 찬 구경꾼처럼 눈을 떼지 않고 구경했다. 르픽 부인은 기가 막힌다는 듯이 탄

성을 연발했다.

"오! 오! 삽과 갈퀴를 가져와야겠구나!"

펠릭스는 쪼그려 앉아 대야를 흔들며 떨어지는 이를 받았다. 이는 비듬과 함께 떨어졌다. 자세히 보면 잘린 속눈썹처럼 가느다란 다리가 움직이고 있었다. 이들은 출렁거리는 물 속에서 물결을 따라 이리저리 떠돌다가 식초 때문에 곧 뻗어 버렸다.

르픽 부인 애, 도대체 널 이해할 수가 없구나. 너도 이제 나이를 먹을 만큼 먹었는데 부끄러운 줄도 알아야지. 그 까마귀처럼 새까만 발은 지금까지 한 번도 안 보고 지냈을 테니까 이해해 준다고 쳐. 그런데 이 이들이 네 머릿속을 파먹고 있었을 텐데도 선생님들께 해결해 달라고 부탁도 하지 않고, 식구들에게도 잡아 달라고 말도 않는구나! 그래, 어디 말 좀 해 봐! 그렇게 산 채로 뜯어 먹히는 게 그렇게도 좋더냐! 네 머리카락 속이 아주 피투성이잖니.

홍당무 빗에 긁혀서 그런 거죠, 뭐.

르픽 부인 뭐? 빗 때문이라니! 아니, 이를 잡아 준 누나에게 고맙다고는 못 할망정 그게 할 소리야? 에르네스틴, 들었지? 아주 까다로운 양반이 이발사에게 불평을 하는구나. 에르네스틴, 홍당무는 저를 뜯어 먹는 벌레와 사는 게 좋은 것 같으니 그만 내버려 두어라.

에르네스틴 누나 오늘은 그만할게요. 큰 것들만 긁어 냈으니 내일 한 번 더 해야 할 거 같아요. 아니면 화장수라도 뿌리죠.

르픽 부인 홍당무야, 너는 대야를 내다가 정원 담벽 위에 올려놓아라. 네 머리에서 나온 이를 온 동네 사람들이 구경을 하면 너도 그 때는 부끄러운 줄 알겠지.

홍당무는 대야를 들고 밖으로 나가 햇볕 아래에 놓고 그 옆에 지켜서서 보고 있었다.

맨 처음 온 사람이 마리 나네트 할머니였다. 이 할머니는 홍당무를 볼 때마다 멈춰 서서 잘 보이지도 않는 작은 눈으로 심술궂게 바라보았다. 그리고 검은 모자를 쓴 머리를 설레설레 흔들며 무슨 일인지를 알아맞히려 했다.

"그게 뭐지?"

드디어 할머니가 물었다.

하지만 홍당무는 대답하지 않았다. 그래서 할머니는 허리를 굽히고 대야 안을 들여다보았다.

"팥이구나? 참, 눈이 잘 안 보여서. 우리 피에르가 어서 안경을 사다 주어야 할 텐데."

마리 할머니는 맛이라도 보려는 것처럼 대야 안에 있는 것을 손가락으로 건드려 보았다.

"그런데 넌 왜 거기서 그러고 서 있니? 잔뜩 심통난 얼굴로 말이야. 아하, 꾸중을 들었구나. 그래 벌을 서고 있는 거구나. 얘, 난 네 할머니는 아니지만 나도 다 안다. 네가 가엾어서 하는 말이란다. 너희 집 식구들이 모두 널 못 살게 군다는 걸 알고 있으니까 말이야."

홍당무는 힐끔 주위를 살펴 엄마 귀에 들리지 않을 것을 알고 안심한 후에 마리 나네트 할머니에게 이렇게 톡 쏘아붙인다.

"그래서 그게 뭐 어떻다고요? 그게 할머니랑 무슨 상관이 있어요? 할머니 일에나 신경 쓰세요, 제 일에는 신경 끄시고요."

브루투스처럼

르픽 씨 홍당무야, 작년에는 아빠가 기대한 만큼 공부를 열심히 하지 않았더구나. 네 성적표를 보니 넌 마음먹고 하려고만 들면 훨씬 더 잘할 수도 있다는데 말이야. 쓸데없는 공상에나 잠기고 읽지 말라는 책을 읽으니까 그렇지. 넌 기억력이 좋아서 시험에서는 충분히 좋은 점수를 땄지만, 숙제를 게을리 하더구나. 마음을 단단히 먹고 좀 열심히 해 보거라.

홍당무 네, 아빠. 두고 보세요. 정말, 아빠 말씀대로 작년에는 그다지 열심히 안 했어요. 그렇지만 이번에는 열심히 공부할 생각이에요. 하지만 반에서 일등을 한다는 장담은 못 하겠지만요.

르픽 씨 그래도 안 된다고 생각하지 말고 하려고 노력해 보렴.

홍당무 참, 아빠 저한테 바라는 게 너무 많아요. 지리, 독일어, 물리, 화학은 잘 안 될 것 같아요. 이 과목은 잘하는 아이가 한두 명씩은 있거든요. 그녀석들은 다른 과목은 못 하지만 꼭 그 과목만은 열심히 파고든단 말이에요. 아빠, 저는 작문 과목만큼은 꼭 일등을 할 거예요. 결심했어요. 제가 아무리 애쓰고 노력해도 안 되면 그 때는 어쩔 수 없지만, 제 자신에게는 후회는 없을 거예요. 그리고 저는 브루투스처럼 당당하게 외칠 거예요. '오 미덕(美德)이여! 너는 한갓 명사(名辭)에 불과하도다.'

르픽 씨 그래, 홍당무야, 그 애들 쯤은 문제 없을 것 같다.

펠릭스 형 아빠, 애가 방금 뭐라고 그랬어요?

에르네스틴 나도 듣지 못했는데.

르픽 부인 나도 못 들었다. 애, 홍당무야. 다시 한 번 얘기해 보거라.

홍당무 아무것도 아니에요.

르픽부인 뭐라고? 아무 말도 안 했단 말이야? 그렇게 얼굴까지 붉혀 가며 주먹을 불끈 쥐고 공중에다 내휘두르며 각오를 단단히 하고 얘기했잖니. 온 동네가 다 들을 수 있도록 웅변을 했잖아. 다시 한 번 말해 봐, 우리도 듣고 나서 좀 써먹을 수 있게 말이야.

홍당무 아무것도 아니라니까요, 엄마.

르픽 부인 해 보라니까그래. 누구에 관한 이야기를 한 거니? 그 사람이 누군데?

홍당무 엄마는 모르는 사람이에요.

르픽 부인 무슨 소리냐. 어서 누구 얘기였는지 말해 봐.

홍당무 그럼, 말할게요. 아빠가 저에게 친구처럼 충고를 해 주시던 중이었어요. 그 때 문득 어떻게 그런 생각이 났는지 모르겠지만 어쨌든 아빠에게 감사하는 마음에서 약속했어요. 브루투스라는 로마 인처럼 미덕을 내세워…….

르픽 부인 중얼거리지 말고 알아듣게 똑바로 얘기를 해 봐. 한 마디도 바꾸지 말고 그대로, 똑같이 되풀이해 봐. 방금 한 말을 똑같은 어조로 말이야. 엄마가 너한테 뭐 그리 대단한 걸 부탁한 것도 아닌데, 이 엄마에게 그런 것쯤은 해 줄 수 있잖니.

펠릭스 형 제가 해 볼까요, 엄마?

르픽 부인 아니다. 먼저 홍당무가 하고, 그 다음에 네가 해. 어디 누가 잘하나 보자꾸나. 자, 홍당무야 어서 해 봐라.

홍당무 (더듬더듬 울먹이면서) 오, 오 미덕이여 너, 너는 한― 한갓 명사일 뿐…….

르픽 부인 애는 정말이지 어쩔 수 없는 고집불통이라니까. 엄마를 즐겁게 해 주기보다는 차라리 매를 맞는 걸 택할걸.

펠릭스 형 엄마, 제가 해 볼게요. 들어 보세요. 홍당무가 이렇게 말했어요. 눈망울을 이리저리 굴리고는, 도전하는 듯한 시선을 던지며, "만일 제가 노력해도 작문 과목에서 일등을 하지 못한다면" — 볼을 잔뜩 부풀려 가지고, 발을 탕탕 구르며 — "저는 브루투스처럼 외칠 거예요" — 천장 쪽으로 두 팔을 번쩍 들고서 "오, 미덕이여" — 팔을 다시 허벅다리 위로 툭 떨어뜨리며 — "너는 한갓 명사일 뿐!" 홍당무가 이렇게 말했어요.

르픽 부인 펠릭스, 잘했다. 자기가 생각해 낸 말도 아니고, 다른 사람의 말을 흉내낸 것뿐인데 그렇게 고집을 피우다니.

펠릭스 형 그런데, 홍당무, 그게 정말 브루투스가 한 말이야, 카토가 아니고?

홍당무 분명히 브루투스야! 그리고 그는 자기 친구가 내민 칼에 몸을 던져 죽었어.

에르네스틴 홍당무 말이 맞아. 브루투스는 황금을 지팡이 속에 넣어 숨기고 미친 사람 흉내를 냈지, 아마…….

홍당무 아냐, 누난 딴 사람과 혼동하고 있어.

에르네스틴 난 그렇게 알고 있었는데. 어쨌든 우리 소피 선생님도 너네 학교 선생님이 가르쳐 주는 것 못지않아.

르픽 부인 쓸데없는 걸 가지고 싸우지 마라. 중요한 일도 아니잖니. 중요한 건 우리 집안에도 브루투스 같은 사람이 있어야 한다는 거야. 바로 홍당무가 그렇지 않니? 홍당무 덕분에 남들이 우리를 얼마나 부러워할까! 이 때까지 우리는 이런 영광스러운 일을 모르고 지냈구나. 우리 모두 새로운 브루투스를 찬양하도록 하자. 우리 브루투스께서는 주교님처럼 라틴 어로 말하지만 귀머거리들에게는 두 번 다시 되풀이해 주지는 않으신단다. 홍당무를 한 번 자세히 볼까? 앞을 보면 오늘 새로 입은 옷에 얼룩이 묻어 있고, 뒤를 보면 바지가 찢어졌구나. 하느님 아버지시여! 저 아이가 또 어디서 놀다가 왔을까요? 아니라고? 글쎄, 저 브루투스 홍당무의 꼴을 좀 봐! 정말 감당할 수 없는 말썽꾸러기라니깐!

홍당무

편지 모음

홍당무가 르픽 씨에게 보낸 편지와 르픽 씨가 홍당무에게 보낸 답장 몇 장.

홍당무가 르픽 씨에게

경애하는 아빠,

방학 동안 낚시했던 일을 떠올리면 아직도 그 기분이 생생히 살아난답니다. 그런데 제 허벅다리에 아주 큰 종기(역주—여기서 종기라는 낱말은 불어로 보통 못[釘]이라는 뜻으로 쓰임)가 나서 저는 지금 침대에 누워 있습니다. 누워 있는 저에게 간호사 선생님이 가루 반죽을 해서 붙여 주고 있습니다. 종기가 터질 때까지는 아프지만,

터지고 나서는 깨끗하게 나을 거래요. 하지만 종기가 병아리가 새끼 치듯 자꾸 생깁니다. 하나가 나으면 또 다른 종기가 나와요. 여하튼 별일 아니라고 믿고 있습니다.

생 마르크 기숙학교에서 홍당무 올림.

르픽 씨의 답장

사랑하는 홍당무에게.

네가 영성체를 준비하고, 교리문답(敎理問答)을 공부하는 중이므로 너만 종기의 아픔을 겪고 있는 것이 아니라는 것을 알 것이다. 예수 그리스도께서는 발과 손에 못이 박혔단다. 그분은 그것을 불평하지 않았단다. 그분의 못이야말로 (역주―종기가 아닌) 진짜 못이었느니라.

힘내라!

아버지로부터

홍당무가 르픽 씨에게

존경하는 아빠.

기쁜 소식을 알려 드리겠습니다. 이(齒)가 또 하나 나왔습니다. 아직 사랑니가 나오기에는 좀 이르지만 제가 조숙해서 일찍 나오는가 봐요. 저는 그것이 하나로 그치지 않고 나머지도 다 나오기를 바랍니다. 또 저의 정직하고 착한 행동과 좋은 성적으로 항상 아빠가 기쁨을 느끼시기를 바란답니다.

르픽 씨의 답장

홍당무에게.

네 사랑니 하나가 나오고 있을 무렵, 내 이가 하나 흔들리기 시작했단다. 결국 어제 아침에 뽑았단다. 이렇게 볼 때, 네 이가 하나 더 나오면 아빠 이는 하나 더 없어지겠구나. 그리하여 이 세상도 변함없이 돌아가고, 우리 가족의 이 개수도 변함이 없구나.

아버지로부터

홍당무가 르픽 씨에게

보고 싶은 아빠께.

제게 이런 일이 있었어요. 어제가 바로 우리 라틴 어 선생님이신 자크 선생님의 생일이었습니다. 우리 반 아이들의 만장일치로 제가 자크 선생님의 생일을 축하할 대표로 뽑혔어요. 저는 그 일이 너무 자랑스러워서 몇몇 라틴 어 문장을 인용하여 긴 축하 카드를 작성했습니다. 솔직히 말해서 저는 축하 카드가 만족스러웠습니다. 그리고 저는 그걸 아주 커다란 종이에도 깨끗이 옮겨 썼습니다. 드디어 라틴 어 시간이 되었습니다. 친구들이 "어서 해, 빨리 시작하라니까!" 하고 수군거렸죠. 저는 용기를 얻어 선생님이 우리를 보지 않는 틈을 타서 교단 쪽으로 나갔지요. 그런데 겨우 종이를 펼쳐 "존경하는 선생님!" 하고 큰 소리로 한 마디를 꺼냈는데, 자크 선생님이 갑자기 일어서서 소리쳤습니다.

"썩 네 자리로 돌아가지 못해!"

저는 얼른 도망쳐서 제 자리로 돌아와서 앉았고, 친구들은 책으로 자기 얼굴을 가리고 숨어 버렸습니다. 선생님은 화가 난 목소리로 제게 이렇게 명령하셨어요.

"연습 문제를 번역해 봐."

아빠, 이 일을 어떻게 생각하시죠?

르픽 씨의 답장

홍당무에게.

후일, 네가 대의원(代議員)이라도 되면, 사람들은 저마다 각자의 역할이 있다는 것을 알게 될 것이다. 네 선생님이 교단 위에 서는 것은 너희들에게 강의를 하기 위해서지, 네게서 연설을 들으려고 함이 아니란다.

홍당무가 르픽 씨에게

아빠께,

아빠께서 보내 주신 그 토끼는 지학 선생님인 르그리 선생님께 드렸습니다. 제가 보기에는 선생님께서 선물을 무척이나 마음에 들어했습니다. 그리고 감사하다고 전해 달라고 하셨습니다. 그런데 제가 비에 젖은 우산을 들고 교무실에 들어갔더니, 선생님은 우산을 빼앗듯이 낚아채서는 직접 복도로 가져갔습니다. 그리고 나서 우리는 이런저런 이야기를 주고받았습니다. 선생님께서는 제가 마음먹고 열심히 하면 학년 말에는 일등 상을 탈 수도 있을 거라고 하셨습니다. 그런데 제가 선생님과 얘기하는 동안 저는 내내 서 있어야 했습니다. 믿어지세요? 그리고 이 전에도 말씀드린 적 있지만 제게 끝끝내 의자 하나 권하지 않으신 점을 제외하고는 르그리 선생님은 매우 친절해요. 왜 그러신 걸까요? 의자를 내주는 것을 잊어버리신 걸까요? 아니면 저를 무시한 걸까요? 저는 아직도 그 까닭을 모르겠습니다. 아빠의 의견은 어떤가요?

르픽 씨의 답장

홍당무에게,

너는 항상 불평만 하는구나. 자크 선생님이 자리에 돌아가 앉으라고 했다고, 르그리 선생님이 세워 두었다고 해서 불만. 네가 선생님들에게 대접을 받기에는 아직 어린 것 같구나. 그리고 르그리 선생님이 의자를 권하지 않은 것도 네가 이해해라. 네가 워낙 키가 작으니까, 아마 앉아 있는 것으로 아신 모양이다.

홍당무가 르픽 씨에게

아빠께,

아빠가 파리에 가신다는 소식을 들었습니다. 저도 그 기쁨을 함께 누리고 싶습니다. 저도 파리에 가고 싶지만 마음만 같이 가겠습니다. 저는 학교 수업 때문에 여행을 따라갈 수는 없지만 이 기회에 아빠께 부탁이 있습니다. 책을 한두 권 사다 주셨으면 해요. 지금 제가 가지고 있는 책은 술술 외울 정도입니다. 어떤 책이라도 좋아요. 모든 책은 읽으면 마음의 양식이 되고 지식이 되잖아요. 그렇지만 제가 특별히 가지고 싶은 책은 프랑수아 마리 아루에 드 볼테르의《앙리아드》와, 장 자크 루소의《누벨 엘로이즈》예요. 아빠가 이 책들을 사다 주시면(파리는 책값이 아주 싸다니까요), 사감 선생님에게 절대로 뺏기지 않을 것을 약속해요.

르픽 씨의 답장

홍당무에게.

네가 말한 작가는 너나 나처럼 똑같은 사람이다. 그들이 한 일은 너도 할 수 있다. 네가 직접 책을 써라. 그런 뒤에 그것을 읽어라.

르픽 씨가 홍당무에게

홍당무에게.

오늘 아침에 읽은 너의 편지는 아무리 읽어 보려 해도 알아볼 수가 없더구나. 어찌된 영문인지 모르겠다. 문체도 너의 문체가 아닐 뿐더러, 편지 내용도 너무나 이상했다.

평소에는 너는 네 성적, 너를 가르치는 선생님들의 장단점, 그리고 새로운 친구의 이름, 혹은 속옷의 상태와 잠을 잘 자는지, 밥은 잘 먹고 있는지에 대한 것을 써서 자세히 알려 주었었잖니.

그것이 내가 알고 싶고 또 재미있어 하는 이야기란다. 그런데 오늘 받아 본 편지는 도통 무슨 내용인지 이해할 수가 없구나.

지금은 한 겨울인데 봄에 대한 이야기는 왜 한 거니? 도대체 하고 싶은 말이 뭐니? 목도리를 사 달라는 말이냐? 편지에는 날짜도 적혀 있지 않고, 나한테 보내는 건지 피람한테 보내는 건지 도무지 모르겠다. 아무튼 상대방을 놀리려고 쓴 편지 같았다.

아빠는 그것은 너 자신을 놀리는 것이라고 생각한다.

아빠가 너를 꾸중하는 게 아니다. 아빠는 다만 너에게 주의를 주고자 할 따름이다.

홍당무의 답장

아빠께.

먼젓번 편지에 대해 설명하려고 한 마디만 씁니다. 아빠가 납득하시지 못한 그것은 시였습니다.

헛간

이 조그만 헛간에서 차례차례로 닭을 치고 토끼를 기르고 돼지를 먹이고 했다.

지금은 비어 있어 방학 동안은 완전히 홍당무의 차지가 되었다.

이제는 문도 없기 때문에 홍당무는 그 곳을 쉽게 들어갈 수 있었다.

가느다란 쐐기풀들이 무성하게 문턱을 덮고 있어 홍당무가 땅바닥에 배를 깔고 바라보면 제법 숲처럼 보였다.

먼지가 땅바닥을 덮고 있고 벽을 쌓아올린 돌은 습기로 빛났다. 천장은 홍당무의 머리카락이 스칠 정도로 낮았다.

홍당무는 그 안에 들어가면 제 집에 온 것처럼 편안했다. 귀찮게 하는 장난감이 없어 자기만의 공상의 날개를 펼 수 있었다.

그 중 가장 재미있는 놀이는 헛간 네 구석에 엉덩이로 홈을 파는 일이었다. 그리고는 먼지를 긁어모아 다독여 푹신하게 만들어 그 속에 들어앉는 것이다.

미끈미끈한 벽에 등을 기대고 다리를 웅크려 무릎 위에 두 손을 엇걸어 쥐고 쪼그리고 앉아 있을 때 맛볼 수 있는 아늑한 기분이란 아주 그만이었다.

이 이상 자리를 적게 차지할 수는 없을 것이다. 그렇게 하고 있으면 세상일을 다 잊을 수 있었고, 또 아무것도 두렵지 않았다. 천둥이나 꽈르릉 하고 친다면 모르지만.

바로 곁에 있는 수챗구멍으로 설거지물이 흘러 나갔다. 때로는 좍좍, 때로는 한 방울 한 방울 흘러내려가서 그 때마다 퀴퀴한 냄새를 풍겼다.

갑자기 비상 경보가 울렸다. 홍당무를 찾는 소리가 가까이서 들렸다.

"홍당무야! 홍당무 거기 있니?"

누군가의 머리가 갸웃하고 나타났다.

홍당무는 곰처럼 몸을 웅크리고, 땅바닥과 벽을 밀치고 구멍에라도 들어갈 듯이 땅바닥에 달라붙었다. 입을 떡 벌리고 숨을 죽이고 눈을 크게 뜨고 밖을 엿보았다. 어둠을 헤치고 그를 찾는 두 눈이 보였다.

"홍당무 거기 있니?"

홍당무의 관자놀이가 쿵쿵 뛰었다. 더 참을 수 없어 막 비명을 지를 찰나였다.

"그녀석이 여기도 없군. 어디로 놀러 갔을까?"

자신을 찾던 사람이 가 버리자 그제야 홍당무는 숨을 내쉬며 긴장을 풀고 다시 편하게 자리를 잡았다.

그의 명상이 다시 하염없이 먼 길을 달렸다. 그러나 이내 소란스러운 소리가 귀에 가득 들려왔다.

천장에 불나비가 거미줄에 걸려 날개를 파닥거리며 몸부림쳤다. 거미가 줄을 타고 주르르 내려오고 있었다. 배가 꼭 빵 조각처럼 하얬다.

거미는 불안스러운 듯 멈칫 서더니 공처럼 몸을 웅크리고 매달렸다.

홍당무는 몸을 일으켜 그들을 주목했다. 마음을 졸이며 결말을 기다렸다. 거미가 몸을 던져 별 모양의 그물을 거두어 가지고, 그물에 걸린 불나방을 먹으려고 하는 순간, 홍당무는 불나방이 자신의 것이기라도 한듯 그것을 찾으려고 벌떡 일어섰다.

하지만 거기까지였다.

거미는 다시 기어 올라갔다. 홍당무는 다시 어두컴컴한 자신의 세계로, 공상 속으로 돌아갔다.

이윽고, 그의 공상은 마치 모래에 가로막힌 가느다란 물줄기처럼 흐름을 멈추고 웅덩이를 만든 채 고이고 말았다.

고양이

1

  홍당무는 가재를 잡는 데는 닭의 내장이나 돼지고기보다도 고양이가 제일 좋다는 얘기를 들은 적이 있었다.
  마침 홍당무는 늙고 병들어서 여기저기 털이 빠져 푸대접을 받고 있는 고양이를 한 마리 알고 있었다. 그래서 홍당무는 우유를 한 잔 준비해 놓고 고양이를 자기 집 헛간으로 초대했다. 헛간에는 그와 고양이 단 둘뿐이었다. 쥐 한 마리가 담 밖에 나타날지도 모르지만, 어쨌든 홍당무는 고양이에게 우유 한 잔만을 대접하기로 했다. 홍당무는 고양이를 우유가 놓인 쪽으로 밀어 넣으며 권했다.
  "맛있게 실컷 먹어라."

고양이의 등도 쓰다듬어 주고, 애칭을 붙여 불러 주기도 했다. 고양이의 그 날쌘 혓바닥의 움직임을 가만히 보고 있자니 측은한 생각도 들었다.

"가엾은 것, 남기지 말고 싹싹 맛있게 먹어라."

고양이는 우유를 밑바닥까지 깨끗이 다 핥아먹고 가장자리까지 싹싹 핥아먹었다. 그러고 나서 아직 단맛이 나는지 입술을 핥았다.

"깨끗이, 다 먹었니?"

홍당무는 연신 고양이를 쓰다듬어 주며 물어 보았다.

"한 잔 더 주면 좋아라고 먹을 테지. 그렇지만 그것밖에 가져올 수가 없었단다. 그리고 어차피 그 시간이 조금 빨리 오느냐 좀 늦게 오느냐의 문제이니까……."

이렇게 말하며 홍당무는 고양이의 이마에다가 총을 갖다 대고 방아쇠를 당겼다.

총소리에 홍당무는 너무 놀라 기절할 지경이었다. 헛간이 날아가 버리는 줄 알았다. 연기가 사라진 뒤에 보니 발밑에서 한쪽 눈으로 자신을 쳐다보는 고양이가 보였다. 고양이는 머리통이 절반이나 없어졌고 우유 잔에 피를 흘리고 있었다.

"아직 안 죽은 모양인데. 에이, 망할 것 같으니. 정확하게 겨누었는데."

홍당무는 꼼짝 않고 있었다. 노란 광채가 도는 고양이의 한쪽 눈이 이상하게 불안스러웠다. 고양이가 몸을 바르르 떠는 것이 마치 아직 살아 있는 것 같았다. 그렇지만 조금도 움직이려고 하는 기색이 없었다. 피를 한 방울도 버리지 않으려고 일부러 우유 잔에다 대고 흘리는 것 같았다.

홍당무는 총을 처음 쏴 보는 풋내기는 아니다. 그는 재미 삼아 혹은 다른 사람을 위하여 들새와 가축 몇 마리, 그리고 개 한 마리를 죽인 경험이 있었다. 그는 일을 어떻게 해치워야 하는가를 알고 있었다. 짐승이 끈질기게 죽지 않고 버틸 경우에는 서둘러 죽여야 했다. 지체해서는 안 되며 용기를 내어 덤벼들고, 필요하다면 몸으로 싸울 각오를 해야 했다. 그렇지 않으면 쓸데없는 동정심에 사로잡혀 겁쟁이가 되고 만다. 그렇게 되면 죽이지도 못하고 공연히 시간만 낭비하게 된다.

우선 홍당무는 고양이를 조심스럽게 몇 번 건드려 보았다. 그런 다음에는 고양이 꼬리를 잡더니, 총개머리로 목덜미를 있는 힘을 다해 힘껏 내리쳤다. 한 대씩 내려칠 때마다 마지막 일격인 것처럼 세게 내리쳤다.

빈사의 고양이는 다리를 미친 듯이 떨며 허공을 긁고, 공처럼 움츠러들었다간 길게 펴곤 했다. 그러나 소리는 내지 않았다.

"대체 누가 고양이가 죽을 때 운다고 한 거야?"

홍당무는 중얼거렸다. 그는 더 이상 참을 수가 없었다. 너무 오래 걸려 안타까운 마음이 들었다. 마침내 홍당무는 총을 내던지고 고양이를 껴안았다. 고양이 발톱에 긁히자 더욱 미친 듯이, 이를 악물고 핏줄을 세우고 고양이 목을 졸랐다.

그러나 결국에는 홍당무도 숨이 막혀 왔다. 기진맥진해서 비틀거리다가 땅에 펄썩 쓰러지며 주저앉았다. 고양이와 얼굴을 맞대고, 두 눈이 고양이의 한쪽 눈을 뚫어지게 노려보면서 말이다.

2

홍당무는 침대 위에 누워 있었다.

부모님과 급히 연락을 받은 이웃 사람들이 천장이 낮은 헛간 안을 허리를 구부리고 그 활극이 벌어진 장소를 살펴보고 있는 중이었다.

"아이고, 아 글쎄 그놈의 가슴에서 으스러진 고양이를 끌어 내느라고 젖먹던 힘까지 다 썼어요."

르픽 부인이 말했다.

"자기 엄마는 그렇게 껴안아 준 적이 한 번도 없는 녀석인데 말이에요."

르픽 부인이 이렇게 아들의 잔인한 행실을 설명하고 있는 동안, (이 이야기는 후일 가족들 사이에서 옛날이야기 삼아 자주 입에 오를 테지만) 홍당무는 꿈을 꾸고 있었다.

그는 시내를 따라 산책하고 있었는데 달빛이 마치 뜨개질하는 여인의 바늘처럼 서로 얽혀 반짝반짝 빛났다.

　가재를 잡는 그물 위에는 고양이의 살덩어리가 투명한 물 속에서 타오르듯이 반짝이고 있었다.

　하얀 안개가 벌판 위에 자욱하게 깔려 있었다. 그 속에는 아마도 훨훨 날아다니는 유령이 숨어 있을지도 모른다.

　홍당무는 뒷짐을 지고 태연하게 걸으면서 유령 따위는 조금도 두렵지 않다는 걸 보여 주었다.

　황소 한 마리가 가까이 다가와 우뚝 멈춰 서서 울음소리를 내더니, 이어 도망쳤다. 발굽 소리를 하늘까지 울리며 이윽고 자취를 감췄다.

　시냇물이 수다쟁이 노파들의 모임처럼, 그의 귀에다가만 대고 그렇게 소곤거리고, 귀찮게 재잘거리지만 않는다면 얼마나 고요할 것인가.

　홍당무는 그 수다를 틀어막기 위하여 그물 막대를 살며시 들었다. 바로 그 순간, 갈대밭 한복판에서 왕가재가 기어 올라왔다. 그 뒤를 이어 계속 올라왔다. 번쩍이는 몸으로 물 밖으로 나왔다.

　홍당무는 질겁을 해서 도망칠 생각도 못 했다.

　가재들이 홍당무를 둘러쌌다.

　가재들이 가위 발을 들고 홍당무의 목덜미를 향해서 일제히 다가왔다.

　제꺽제꺽 소리를 냈다. 가위 발을 활짝 벌리고 있었다.

양

처음에는 둥글둥글한 것이 펄쩍펄쩍 뛰노는 게 홍당무 눈에 어렴풋이 보일 뿐이었다. 그런데 그것들이 한데 뒤섞여 야단스럽게 고함들을 질렀다. 마치 학교 실내 운동장에서 뛰노는 아이들 같았다.

그 중 어떤 놈은 홍당무 다리 사이로 뛰어들었다. 어쩐지 좀 거북스러웠다. 또 다른 놈이 이번엔 천장 들창에서 들어오는 햇볕 속으로 껑충 뛰어들었다. 새끼 양이었다. 홍당무는 자신이 겁을 먹었던 것이 우스워졌다. 홍당무의 시력이 차차 어둠 속에 적응해 가자 자세한 점까지 분명히 보였다.

양의 해산기(海產期)가 시작된 것이었다. 아침마다 파졸 농가에는 양 새끼가 두세 마리씩 늘어 갔다. 새끼 양들은 어미들 사이에

끼여 서기가 힘이 드는지 비틀거렸다. 네 다리가 마치 나뭇조각으로 대충 깎아 세워 놓은 것 같았다.

홍당무는 아직은 감히 손을 대어 양을 어루만지지 못했다. 그러나 새끼 양들은 좀 당돌하게 벌써 홍당무 구두를 핥고, 어떤 놈은 입에 풀을 한입 물고 홍당무에게 앞발을 올려놓기도 했다.

그나마 태어난 지 일 주일쯤 되는 양은 뒷다리에 잔뜩 힘을 주어 몸을 쭉 펴고 일어나 허공에 떠서 갈지자로 뛰어나갔다. 하루밖에 안 된 놈은 앙상한 가지처럼 여위어 무릎을 꿇고 주저앉았다가는 기운차게 다시 일어서곤 했다. 방금 갓 낳은 새끼는 어미가 아직 핥아 주질 않아서 몸이 끈적끈적했다.

그 어미는 엉덩이에 대롱대롱 매달린 것이 귀찮은지 새끼를 밀쳐 내곤 했다.

"못된 어미 같으니라고!"

홍당무가 말했다.

"짐승도 사람과 마찬가지란다."

파졸이 대답했다.

"아마 어미 양이 새끼를 유모에게 맡기고 싶은가 봐요."

"그럴 수도 있지. 새끼가 두 마리 이상 될 때는 약방에서 파는 젖꼭지를 주어야 해. 하지만 그것도 오래는 못 가지. 어미가 그걸 물고 있는 새끼를 보면 애처로워하니까. 그리고 새끼들이 배가 고파서 젖을 달라고 아우성을 치거든."

파졸이 설명했다.

파졸은 어미 양의 어깨를 붙들어 우리 안으로 따로 넣었다. 그리고 우리에서 달아났을 때 알 수 있도록 목에다 짚으로 넥타이를 매어 주었다.

새끼 양이 뒤따라갔다. 어미 양은 꼭 줄칼로 써는 소리를 내며 꼴을 먹었다. 새끼 양은 부르르 떨며 아직 약한 다리로 일어서서 젤리 같은 게 붙어 있는 주둥이로 칭얼거리며 젖을 빨려고 바동거렸다.

"그러면 어미 양도 인간처럼 모성애를 갖게 되나요?"

홍당무가 물었다.

"그럼, 엉덩이가 좀 나아지면 말이지. 지금은 새끼를 낳을 때 힘들어서 지쳤거든."

파졸이 대답했다.

"제 생각에는요, 새끼를 잠시 동안이라도 다른 어미 양한테 맡기면 될 것 같은데요. 왜 그러지 않는 거죠?"

"다른 어미 양이 거절하기 때문이란다."

아닌게아니라, 때마침 양 우리 사방에서 어미 양들의 소리가 서로 얽혔다. 새끼 양들에게 젖 먹을 시간을 알리는 것이었다. 홍당무 귀에는 그 소리가 그 소리고, 모두 똑같이 들렸지만 새끼 양들에게는 다르게 들리는 모양이었다. 왜냐하면 조금도 서슴지 않고 제 어미 젖꼭지 밑으로 쏜살같이 달려가니까 말이다.

"여기서는, 새끼를 훔치는 어미는 없거든."

파졸이 말했다.

"참 이상한데요, 털복숭이 동물들에게도 가족에 대한 본능이 있다니…… 뭐라고 해야 좋을까요? 아마도 코가 예민해서 그런 거겠죠?"

홍당무가 말했다.

홍당무는 자신의 생각이 맞는지 알아보기 위해서 새끼 양들의 코를 막아 보고 싶은 마음이 들었다.

홍당무는 진지하게 양과 인간을 비교해 보았다. 그리고 새끼 양들의 이름도 알고 싶었다.

새끼 양들이 악착스레 젖을 빨고 있는 동안, 어미들은 주둥이로 옆구리를 찔리면서도 아무 일 없다는 듯이 평화롭게 꼴을 먹었다.

홍당무는 여물통의 물 속에 쇠사슬 조각이며 수레바퀴 테며 닳아빠진 삽을 발견하고는 야무지게 한 마디 했다.

"여물통 참 깨끗하군요! 아, 이 쇠붙이로 짐승들에게 영양분을 보충해 주려는 거군요."

"암 그렇지. 너도 알약을 먹지 않니!"

그러면서 파졸은 홍당무에게 그 물을 마셔 보라고 했다. 그는 물에 영양가를 더 높이겠다며 아무것이나 마구 던져 넣었다.

"진드기 한 마리 줄까?"

"주세요, 고마운데요."

홍당무는 영문도 모른 채 대답했다.

파졸은 어미 양의 푹석푹석한 털 속을 헤치더니 노랗고 둥글고 토실토실한, 배가 터지도록 먹은 굉장히 큰 놈을 손톱으로 한 마리 잡아냈다. 파졸의 말로는 이런 놈이 두 마리만 있으면 어린아이 머리를 살구처럼 파먹을 것이라고 했다. 그는 진드기를 홍당무 손바닥에다 놓아 주며, 장난을 치고 싶거든 형이나 누나의 목덜미든지 머릿속에 넣으라고 했다.

벌써 진드기는 스멀거리며 홍당무의 피부를 물기 시작했다. 싸라기눈이 내리는 것처럼 손가락이 따끔따끔했다. 이윽고 손목에서 팔꿈치까지 따끔거렸다. 진드기가 수없이 늘어나 팔에서 어깻죽지까지 파먹는 것 같았다.

홍당무는 어쩔 수 없이 진드기를 꽉 쥐어, 손 안에서 터트린 후 파졸 몰래 어미 양의 털에다가 슬쩍 문질렀다.

'물어 보면 뭐, 잃어버렸다고 해야지.'

홍당무는 점점 조용해지는 양 울음소리에 잠시 귀를 기울였다. 이윽고 천천히 움직이는 턱 사이로 꼴을 먹는 소리만이 들렸다.

꼴 시렁에 걸린 줄무늬의 낡아빠진 망토 한 벌이 홀로 우리를 지키고 있는 것 같았다.

대부

때때로 르픽 부인은 홍당무가 대부를 만나러 가고, 거기서 자고 오는 것까지도 허락해 주었다. 그 대부라는 사람은 무뚝뚝하고 외로운 노인이어서, 그저 낚시질이나 하고 포도밭 가꾸는 일을 소일거리로 삼고 있었다. 그는 아무도 좋아하지 않았지만 홍당무만은 예외였다.

"야, 너 왔구나, 이놈!"

대부가 말했다.

"네, 아저씨. 제 낚싯대도 준비하셨죠?"

홍당무는 대부에게 키스도 하지 않고 물었다.

"둘이서 하나면 충분하단다."

대부가 대답했다.

홍당무는 헛간 문을 열어 보고 자기 낚싯대도 준비되어 있는 것을 보았다. 언제나 대부는 이렇게 홍당무를 놀려 주길 좋아했다. 홍당무도 그걸 잘 알고 있는 터라, 이제는 별로 화를 내지도 않았다. 대부의 장난 때문에 둘 사이에 갈등이 생기는 일도 없었다. 대부가 '그렇다.'라고 할 때는 '아니다.'라는 뜻이고, 그 반대도 마찬가지였다. 그 점만 잘 알면 문제될 것은 없었다.

'아저씨가 장난치는 걸 재미있어한다고 해서 내가 손해 볼 건 없지.'

홍당무는 이렇게 생각했다.

이래서, 두 사람은 아주 잘 맞는 친구로 지낼 수 있었다.

대부는 평소에 일 주일에 단 한 번, 일 주일치 식사를 한꺼번에 요리했으나, 오늘은 특별히 홍당무를 위해서 큰 냄비에 라드(돼지기름) 한 덩어리와 완두콩을 담아 불 위에 얹었다. 그리고 홍당무에게 우선 포도주 한 잔을 억지로 먹였다.

그런 다음 둘은 낚시를 하러 갔다.

대부는 물가에 앉아 낚싯줄을 익숙한 솜씨로 풀어 나갔다.

그는 가느다란 낚싯대를 묵직한 돌로 눌러 놓았고, 큰 놈들만 낚았다. 대부는 낚은 물고기를 갓난아이처럼 수건으로 감싸서 선선한 곳에 두었다.

"낚시찌가 물에 세 번 잠겼다가 물 위로 뜨기 전까지는 낚싯줄을 절대로 당기지 말아라."

대부가 가르쳐 주었다.

홍당무 왜 세 번이에요?
대부 첫째 번 입질은 아무것도 아니란다. 그저 물고 툭툭 건드리는 거야. 둘째 번 입질부터가 진짜야. 그 때 먹이를 덥석 삼키거든. 셋째 번, 그 때는 틀림없어. 먹이를 먹고 도망가려 해도 갈 수가 없거든. 낚싯줄을 아주 천천히 올려도 잡을 수 있지.

홍당무는 모래무지 잡는 것을 좋아했다. 맨발 벗고 개천으로 들어가서 모랫바닥을 발로 휘저어 물을 흐려 놓으면 바보 같은 모래무지들이 몰려온다. 그러고 나서 낚시를 던지기만 하면 한 마리씩 걸려들었다. 대부에게 소리를 쳐 알릴 겨를도 없을 정도였다.

열여섯, 열일곱, 열여덟 마리…….

해가 머리 위로 올라오자, 둘은 점심을 먹으러 집으로 돌아갔다. 대부는 홍당무에게 흰 완두콩을 잔뜩 먹였다.

"난 이게 제일 맛있더라. 푹 삶아서 물렁거리는 게 좋아. 자고새 날개 밑에 박힌 총알처럼 와작 씹히는 완두콩을 먹을 바엔 차라리 곡괭이 쇠를 깨물겠어."

대부가 말했다.

홍당무 이 완두콩은 입 안에서 살살 녹는데요. 엄마도 요리를 못 하는 편은 아니지만 이렇게 맛있게는 못 해요. 엄만 분명히 크림을 아껴서 그런 걸 거예요.

대부 이녀석, 네가 맛있게 먹는 걸 보니 기쁘구나. 홍당무야, 엄마 앞에서는 배불리 못 먹지, 아마도?

홍당무 그건 엄마 식욕에 달렸어요. 엄마가 몹시 시장할 때는, 저도 배불리 먹을 수 있어요. 엄마가 자기 접시에 담을 때 제 접시에도 좀 덜어 주시거든요. 엄마가 다 드시면 저도 그만 먹거든요.

대부 그럴 때는 좀더 먹겠다고 말하는 거야, 바보같이!

홍당무 말은 쉽죠. 그리고 또, 배가 좀 고플 듯한 정도가 좋은 거예요.

대부 난 애는 없지만, 원숭이가 내 자식이라면 엉덩이까지라도 핥아 주겠다! 무슨 말인지 알겠니?

그들은 하루 일과를 포도밭에서 마쳤다. 홍당무는 대부가 곡괭이질 하는 걸 구경하며 한 걸음씩 그 뒤를 졸졸 따라다니거나, 포도덩굴 위에 누워 하늘을 쳐다보며 버드나무 순을 씹어먹기도 했다.

샘터

홍당무는 대부와 함께 자는 것이 그리 좋지만은 않았다. 방은 싸늘했지만 털 이불이 덮여 있는 침대는 너무 더웠다. 그리고 털은 대부 같은 노인들에게는 팔다리가 따뜻해 좋지만, 홍당무에게는 흠뻑 땀에 젖어 버릴 정도로 더웠다. 그러나 엄마와 멀리 떨어져서 잘 수 있으니 좋았다.

"엄마가 그렇게 무서우냐?"

대부가 물었다.

홍당무 그게 아니라요, 엄마가 저를 무서워하지 않는 것 같아요. 엄마가 형을 혼내려고 하면 형은 달려들어서 빗자루를 잡고 엄마 앞에 딱 버티고 서죠. 그러면 엄마는 꼼짝 못 하죠.

그래서 엄마는 형을 사랑으로 다스리려고 해요. 엄마 말씀이 펠릭스 형은 성격이 너무 예민해서 매로 다스리면 안 되고요, 매는 저에게나 어울린대요.

대부 너도 한 번 그 빗자루로 뭘 시도해 보지 그러니?

홍당무 아! 그럴 수 있다면! 펠릭스 형하고 저는 종종 싸워요. 때로는 진짜로, 어떤 때는 그저 장난으로 싸우기는 하지만요. 힘은 형이나 저나 막상막하예요. 저도 형처럼 맞지 않고 엄마의 매를 막아 낼 수도 있을 거예요. 그렇지만 제가 엄마 앞에 빗자루를 들고 서면, 엄마는 그 빗자루를 제가 자기에게 갖다 주는 걸로 아실 거예요. 빗자루는 제 손에서 엄마 손으로 넘어가고, 그러면 틀림없이 엄마는 저에게 고맙다고 말하시고 그걸로 저를 때리실 거예요.

대부 자, 이제 그만 자자. 어서 자거라, 이녀석!

하지만 둘 다 잠을 이루지 못했다.

홍당무는 숨이 막혀 공기를 찾아 이리저리 뒤척이며 돌아누웠고, 대부는 그런 홍당무가 측은해 잠을 이루지 못했다.

홍당무가 막 잠이 들려고 할 때, 갑자기 대부가 홍당무의 팔을 붙들었다.

"이녀석, 거기 있었구나? 내가 꿈을 꾸고 있었군."

대부가 말했다.

"난 또 네가 아직도 그 샘물 속에 빠져 있는 줄 알았다. 너, 그 샘터 생각나니?"

홍당무 생각나다 뿐이겠어요, 아직도 그 기억이 생생한 걸요. 싫은 건 아니지만 그 얘긴 벌써 몇 번이나 들었어요.

대부 난 그 생각만 하면 아직도 온몸이 떨린단다. 그 때 난 풀밭에 누워 자고 있었고, 너는 샘터에서 놀다가 그만 발이 미끄러져서 샘에 떨어졌지. 넌 소릴 치고 몸부림을 치며 야단이었는데, 나는 한심하게도 아무것도 듣지 못했지. 그 샘의 물은 겨우 고양이가 빠질 정도로 얕았는데, 넌 일어나지 못하고 있었지. 그게 문제였단 말이야. 글쎄, 왜 일어날 생각을 못 했니?

홍당무 샘물에 빠져서 제가 무슨 생각을 했는지 지금 어떻게 알겠어요!

대부 결국 나는 네가 물 속에서 철벅거리는 소리에 잠이 깼지. 그래도 내가 너무 늦지 않았기에 다행이지. 불쌍하게도 넌 펌프처럼 물을 토해 냈지. 난 너를 옮겨서 베르나르의 옷으로 갈아입혔지.

홍당무 맞아요. 그 옷은 정말 뻣뻣했죠. 그래서 온몸이 따끔거렸죠. 말 털로 만든 옷 같았어요.

대부 그 정도는 아니었어. 하지만 그 때 베르나르는 네게 빌려 줄 만한 깨끗한 속옷이 없었어. 지금은 이렇게 웃고 있지만, 일 분 일 초만 더 늦었더라면 넌 그 때 죽었겠지.

홍당무 그럼요, 지금쯤 전 먼 나라에 있겠죠.

대부 이녀석, 그런 말 말거라. 나도 괜한 이야기를 꺼냈구나. 그 때부터 나는 밤마다 잠을 잘 못 이룬단다. 천벌을 받은 거지. 천벌을 받을 만한 일이었지.

홍당무 아저씨, 저는 벌을 받지 않아도 되죠? 전 지금 너무 졸려요.

대부 그래, 알았다. 어서 자거라.

홍당무 절 자게 해 주시려면 제 손을 좀 놔 주세요. 잠든 다음에 또 아저씨께 제 손을 빌려 드릴게요. 그리고 다리도 좀 치워 주세요. 아저씨의 다리 털이 너무 꺼칠꺼칠해요. 저는 제 몸에 다른 사람이 닿으면 잠을 못 자거든요.

살구

홍당무

얼마 동안 그들은 잠을 못 이루고 있다가, 다시 털이불 속에서 뒤척였다.

대부가 홍당무에게 말했다.

"홍당무야, 잠들었니?"

홍당무 아니요.

대부 나도 잠이 안 오는구나. 그만 일어나야겠다. 우리 지렁이나 잡으러 갈까?

"좋아요."

홍당무가 대답했다.

홍당무와 대부는 침대에서 일어나서 옷을 입고, 초롱불을 들고 정원으로 나갔다.

홍당무는 초롱을 들고 대부는 진흙을 절반쯤 넣은 양철통을 들었다. 하루 종일 비라도 오는 날이면 수확이 아주 좋았다.

"지렁이를 밟지 않도록 조심해, 가만가만 걸어라."

대부가 홍당무에게 타이르듯이 말했다.

"감기만 안 걸릴 것 같으면 나도 운동화를 신고 나올 텐데. 지렁이는 조그만 소리가 나도 구멍 속으로 들어가 버린단 말이야. 지렁이가 자기 집에서 멀리 떨어져 나와야 잡을 수 있는데. 지렁이를 잡으면 꼭 쥐어야 해, 미끄러져 나가지 않도록. 구멍에 절반쯤 들어간 놈들은 그냥 놔 주거라. 그대로 잡아당기면 끊어질 테니까. 끊어진 놈들은 아무짝에도 쓸모가 없지. 무엇보다도 다른 지렁이들까지 썩게 만들거든. 또 예민한 물고기들은 끊어진 지렁이는 본 체도 안 하거든. 어떤 낚시꾼들은 지렁이를 아끼려고 지렁이를 토막내서 쓰지만, 그건 잘못이야. 물 속에 넣으면 움츠러드는 온전한 지렁이라야만 물고기를 낚을 수 있거든. 물고기는 지렁이가 도망치는 줄 알고 마음놓고 뒤쫓아와 덥석 문단 말이야."

"전 지렁이를 자꾸 놓쳐요. 더러운 침 같은 것이 묻어서 손이 끈적끈적해요."

홍당무가 중얼거렸다.

대부 홍당무야, 지렁이는 더럽지 않단다. 세상에서 더없이 깨끗한 놈이란다. 흙만 먹고 살고, 몸을 꾹 눌러도 나오는 건 흙뿐이잖니. 나는 지렁이를 먹기도 한단다.

홍당무 제 몫도 아저씨에게 양보할게요. 한 번 드셔 보세요.

대부 이건 너무 큰걸. 우선 불에 구워서 빵 위에다 발라서 먹어야지. 하지만 저 살구에 붙은 작은 놈 정도라면 날것으로도 먹을 수 있다.

홍당무 아, 이제야 알았다. 그래서 우리 집 식구들이 아저씨를 싫어하는군요. 그 중에서도 특히 엄마가요. 엄마는 아저씨를 생각만 해도 속이 메스껍대요. 구역질이 난다나. 전 아저씨가 하는 대로 따라하지는 않겠지만, 그래도 아저씨가 그걸 드시는 것은 찬성해요. 아저씨는 저한테 무섭게 하시지도 않고, 우리는 서로 마음이 잘 맞으니까 말이에요.

홍당무는 초롱불을 들어 살구나무 가지를 끌어당기고 살구 몇 개를 땄다. 좋은 것은 제가 갖고 벌레 먹은 건 대부에게 내주었다.

대부는 한입에 씨까지 통째로 삼키고 말했다.

"이런 게 제일 맛있는 거란다."

홍당무 뭐, 저도 나중에는 아저씨처럼 먹을 수 있을 거예요. 지금은 단지 입에서 냄새가 나 엄마가 키스할 때 알아차리실까 봐 걱정이 돼서 안 먹는 거예요.

"냄새는 나지 않는단다."
대부는 이렇게 말하며, 홍당무 얼굴에다 입김을 훅 불었다.

홍당무 정말, 담배 냄새밖에 안 나는데요. 그렇지만 냄새가 지독해서 코가 막힐 지경이에요. 아저씨, 전 지금도 아저씨가 좋지만 담배를 끊는다면 지금보다 더, 세상에서 아저씨를 가장 좋아할 거예요.
대부 이녀석아! 그건 몸에 좋은 거란다.

마틸드

에르네스틴이 숨을 헐떡이며 르픽 부인에게 달려와 일러바쳤다.

"엄마, 홍당무가 벌판에서 또 마틸드랑 신랑 신부 놀이를 하고 있어요. 펠릭스가 옷을 입혀 주고요. 그런 놀이를 하면 안 되는 거죠, 엄마?"

아닌게아니라 정말로 벌판에서는 마틸드가 흰 꽃이 핀 사위질빵 덩굴로 신부 단장을 하고 꼼짝 않고 서 있었다.

한껏 단장을 한 그녀는 오렌지 가지로 꾸민 관을 쓰고 있었는데 제법 신부티가 났다. 그녀는 평생 앓을 복통을 치료할 만큼 많은 오렌지 가지를 몸에 휘감고 있었다.

그 사위질빵 덩굴이 우선 관 모양으로 그녀의 머리 위에 씌워져 있었고, 그 다음에는 턱밑으로, 등으로, 팔 위로 물결치듯 아래로 드리워져 있었다. 그러고도 서로 얽혀 온몸을 휘감고 내려와서 땅 위로 길게 늘어졌다.

펠릭스 형은 또 그걸 극성스럽게 한없이 늘어놓았다. 그러고 나서 뒤로 물러서며 말했다.

"자, 움직이지 마! 이번에는 네 차례다, 홍당무."

펠릭스는 이번에는 홍당무에게 신랑 차림을 해 주었다. 역시 사위질빵 덩굴로 덮고, 신부 마틸드와 구별하기 위해 여기저기 양귀비꽃, 스넬 꽃, 노란 민들레꽃을 씌웠다.

그는 웃지도 않았다. 세 명 다 모두 진지했다. 그들은 모든 의식(儀式)에 적합한 표정을 알고 있었다. 장례식 때에는 처음부터 끝까지 슬픈 표정을 지어야 하고, 결혼식에서는 미사가 끝날 때까지 엄숙한 표정을 짓고 있어야 했다. 각각의 의식에 맞는 얼굴 표정을 짓지 않으면 놀이가 재미가 없다.

"서로 손을 잡아. 그리고 천천히 앞으로 행진!"

펠릭스 형이 말했다.

홍당무와 마틸드는 잠깐 사이를 두고 발을 맞추어 앞으로 나란히 걸어 나갔다. 마틸드는 꽃 장식이 발에 걸리지 않게, 장식을 걷어올려 손가락으로 잡았다. 그럴 때, 홍당무는 한쪽 발을 든 채 멈추고 다정스럽게 마틸드를 기다려 주었다.

펠릭스는 형은 그들을 데리고 벌판을 이곳저곳으로 돌아다녔다. 그는 양 팔을 박자에 맞춰 앞뒤로 움직이며 뒷걸음질했다. 그리고 자신이 시장(市長)인 양 그들에게 인사를 하고, 신부(神父)처럼 그들을 축복해 주었고, 그리고 그들의 친구인 것처럼 축하의 말을 했다. 그런 다음 바이올리니스트인 양 손에 막대기를 들고 비벼 대며 연주를 하며 바이올린 소리를 냈다.

그는 두 사람을 이쪽저쪽으로 데리고 다녔다.

"잠깐 서 봐! 관이 좀 헝클어졌는걸."

마틸드의 관을 한 번 꾹 누르고는 다시 움직였다.

"아야!"

마틸드가 얼굴을 찌푸리며 소리를 질렀다. 사위질빵 덩굴 하나가 머리카락에 걸렸던 것이다. 펠릭스 형은 꽃 장식을 모조리 뜯어 버렸다. 행진은 계속되었다.

"됐어! 자, 이제 두 사람은 결혼한 거야. 서로 키스해."

홍당무와 마틸다가 주저하자 펠릭스 형이 다시 말했다.

"왜 그러는 거야! 응! 서로 키스해. 결혼하고 나면 키스를 하는 거야. 서로에게 정다운 말이라도 한 마디씩 건네야지. 너희들은 말뚝같이 우두커니 서 있기만 할 거야?"

펠릭스 형은 나이가 많은 값을 하느라고 서투른 두 사람을 비웃었다. 그는 아마 벌써 사랑의 말을 속삭여 본 일이 있을 것이다.

펠릭스 형은 시범을 보이는 척하면서 자기가 먼저 마틸드에게 키스를 했다. 이를테면 주례사의 인사였다.

그제야 용기가 난 홍당무는 뒤얽힌 덩굴 사이로 마틸드 얼굴을 찾아 뺨에다 키스를 한다.

"이건 장난이 아냐. 난 커서 너와 결혼할 테야."

홍당무가 마틸드에게 속삭였다.

마틸드도 홍당무가 자기에게 한 대로 그에게 키스했다. 그러고 나서 둘은 쑥스럽고 부끄러워서 얼굴을 붉히고 말았다.

갑자기 펠릭스 형은 그들이 밉살스러워져 놀려 댔다.

"야, 얼굴이 빨개지는구나! 빨개졌어!"

펠릭스 형은 두 손바닥을 마주 비비며 발을 동동 굴렀다.

"바보들! 정말 결혼한 줄 아는군!"

"누가 얼굴이 빨개졌다는 거야? 그리고 놀릴 테면 놀려 봐! 엄마가 마틸드와 내 결혼을 허락만 하면, 내가 마틸드하고 결혼하는 걸 형이 막지는 못할걸."

바로 그 때였다. 정말 엄마가 나타나 "나는 결혼을 허락할 수 없다."고 말했다.

르픽 부인은 목장의 울타리를 작은 막대기로 밀치고 들어섰다. 그 뒤에는 고자질쟁이 에르네스틴 누나가 따라왔다. 르픽 부인은 울타리 옆을 지나오며 가시나무 가지를 꺾어 잎을 떼 버리고 가지만 남겨 만든 회초리를 손에 들고 있었다. 르픽 부인은 곧장 그들을 향해 걸어왔다. 마치 폭풍우 같아서 피할 수도 없었다.

"이크, 얻어맞겠다."

펠릭스 형은 이렇게 말하고 벌판 끝으로 도망쳐 구경했다.

홍당무는 결코 도망치는 법이 없었다. 그는 평소에는 겁이 많았지만, 한편으로는 매도 먼저 맞는 게 낫다고 생각했다. 더구나 오늘은 왠지 더 용기가 솟는 것 같았다.

마틸드는 딸꾹질을 하면서 남편을 잃은 여자처럼 발발 떨면서 울고 있었다.

홍당무

홍당무 괜찮아. 난 우리 엄마를 잘 알고 있어. 엄마가 화내는 건 나 때문이니까, 너는 상관 없을 거야. 내가 책임질게.

마틸드 그렇지만 너네 엄마가 우리 엄마한테 곧 말할 거야. 그럼 난 우리 엄마한테 매 맞게 될 거란 말이야.

홍당무 버릇을 고쳐 주시는 거야. 선생님이 여름 방학 숙제를 내주시고 틀린 것을 고쳐 주시는 것처럼 말이야. 네 엄마도 네 버릇을 종종 고쳐 주시니?

마틸드 가끔……. 그때 그때마다 다르지만 말이야.

홍당무 난 늘 그래.

마틸드 하지만 난 잘못한 게 없어.

홍당무 그건 상관 없어. 자 오신다, 조심해!

르픽 부인이 다가왔다. 그들은 이제 엄마에게 붙들린 거나 다름 없었다. 르픽 부인은 천천히 걸음을 늦췄다. 엄마가 아주 가까이까지 오자, 에르네스틴 누나는 불똥이 자기에게 떨어질까 봐 두려워서 근처에서 발을 멈추었다.

홍당무는 더욱 흐느껴 우는 '신부' 앞을 딱 막아섰다. 사위질빵 덩굴의 흰 꽃들이 헝클어졌다.

르픽 부인이 가시나무 회초리를 들고 때리려는 순간, 얼굴이 하얗게 질린 홍당무는 팔짱을 척 끼고 목을 웅크렸다. 벌써 허리가 화끈해지며, 얻어맞기도 전에 종아리가 쓰렸지만, 대담하게 소리쳤다.

"이걸 가지고 뭘 그러세요. 장난인데요!"

금고

이튿날 마틸드는 홍당무를 만났을 때 이렇게 말했다.

"너희 엄마가 와서 우리 엄마한테 모두 얘기하셨어. 그래서 난 엉덩이를 두들겨 맞았어, 넌?"

홍당무 나? 난 벌써 다 잊어버렸어. 그렇지만 넌 맞을 이유가 없잖아? 우리는 잘못한 게 없는걸.

마틸드 그럼, 물론이지.

홍당무 내가 너하고 결혼하겠다고 한 말은 진심이었어.

마틸드 나도 너하고 결혼할 테야.

홍당무 내가 너네 집은 가난하고 우리 집은 부자이기 때문에 너를 업신여길 수도 있지만 걱정하지 마. 난 널 존중하니까.

마틸드 부자라니, 돈이 얼마만큼 있는데?

홍당무 우리 집에는 적어도 백만 프랑은 있어.

마틸드 백만 프랑이라니, 얼마나 되는 거지?

홍당무 백만장자라고 하면 한평생 자기가 가진 돈을 다 못 쓰는 거야.

마틸드 우리 엄마 아빠는 매일 돈이 없다고 한탄하시는데.

홍당무 그거야 뭐, 우리 부모님도 그러셔. 어른들은 모두 습관적으로 한탄을 하셔. 시기하는 사람들의 비위를 맞춰 주기 위해서 말이야. 그렇지만 난 우리 부모님이 부자라는 걸 알아. 매월 초하루가 되면 우리 아빠는 한참 동안 혼자 방에 들어가시거든. 그러면 금고 문 여는 열쇠 소리가 나더라고. 그 소리는 꼭 저녁 때 청개구리가 우는 소리 같아. 아빠가 아무도 모르는, 아빠하고 나밖에는 모르는 말을 한 마디 하면 금고 문이 열려. 엄마도, 형도, 누나도, 아무도 모르는 말이지. 그러면 아빠는 거기서 돈을 꺼내서 부엌 식탁 위에 갖다 놓지. 아무 말도 안 하시고 그저 돈을 짤랑짤랑 울려서 엄마에게 알리시고 나가 버리셔. 그러면 아궁이 앞에서 일하시던 엄마는 알아차리시고, 재빨리 돈을 챙기시지. 매달 그렇단다. 벌써 오래 전부터 그렇게 했어. 그게 바로 금고 안에 백만 프랑 이상이 들어 있다는 증거지 뭐야.

마틸드 아빠가 금고를 열 때 한 마디 하신다고? 뭐라고 하시는

데?

홍당무 알려고 하지 마, 물어 봐도 헛수고일 뿐이야. 우리가 결혼하면 알려 줄게. 그렇지만 남에게 말하지 않겠다는 약속을 꼭 해야 해.

마틸드 지금 당장 말해 줘. 아무에게도 말하지 않겠다고 약속할게.

홍당무 안 돼! 그건 아빠하고 나만의 비밀인걸.

마틸드 흥, 너도 모르는 거지! 알고 있다면 말해 줄 거 아냐?

홍당무 미안하지만, 난 정말 알고 있어.

마틸드 치, 넌 모르는 거야. 그치?

"내가 알면 어떡할 거야? 우리 내기 할까?"
홍당무는 정색을 하고 말했다.
"무슨 내기?"
마틸드는 주춤하며 반문했다.
"내가 만지고 싶은 데를 만지게 해 주면 암호를 말해 줄게."
홍당무가 말했다.

마틸드는 홍당무를 빤히 쳐다보았다. 무슨 소린지 알아듣지 못하는 모양이었다. 그녀는 그 새침스러운 잿빛 눈을 거의 감은 듯 가늘게 떴다. 알고 싶은 게 하나였던 것이 이제는 둘이 된 것이다.

"홍당무야, 먼저 그 암호부터 알려 줘."

홍당무 그럼 내가 만지고 싶은 데를 만지게 해 준다고 맹세해.
마틸드 엄마가 함부로 맹세하면 안 된다고 했는데.
홍당무 그럼 말 안 할래.
마틸드 흥, 이제 암호 따위 안 가르쳐 줘도 돼. 그 말이 무엇을 의미하는지 다 알았다. 그래, 이제 난 알았어.

마음이 다급해진 홍당무는 참지 못하고 말했다.
"마틸드, 너는 아무것도 모르면서 그렇게 말하는 거야. 내가 양보해서 네가 약속만이라도 한다면 기꺼이 가르쳐 주겠어. 아빠가 금고를 열기 전에 하는 말은, '얼빠진 놈'이야. 자 이젠 만져도 되는 거지?"
"얼빠진 놈! 얼빠진 놈! 정말이지? 나를 놀리는 건 아니겠지?"
마틸드는 비밀을 알아 낸 기쁨과 아무짝에도 못 쓰는 말이 아닌가 하는 의구심에 뒤로 물러서며 다짐을 받았다.
그러나 마틸드는 홍당무가 대답도 않고 손을 내밀고 다가오는 바람에 재빨리 도망쳤다.
홍당무 귀에 마틸드의 웃음소리만 들려왔다. 마틸드가 사라지고 난 후, 뒤에서 난데없이 빈정대는 소리가 들려왔다. 홍당무는 뒤를 돌아보았다.

외양간 지붕 밑 창문에서 머리 하나가 쑥 나왔다. 성에서 일하는 하인이 이를 드러내 보이며 웃더니 말했다.

"이녀석아, 난 다 봤다. 네 엄마한테 이를 거야."

홍당무 장난이었어요, 피에르 아저씨. 그 애를 붙들려고 한 거예요. '얼빠진 놈'은 제가 아무렇게나 꾸며 낸 말이에요. 사실, 전 아무것도 모르거든요.

피에르 걱정 말아라, '얼빠진 놈' 따위야 아무래도 좋다. 그 일은 네 엄마에게 이르지 않을 거야. 그것 말고 다른 일을 말할 거야.

홍당무 다른 일?

피에르 그래, 다른 일 말이다. 홍당무야, 난 봤어, 봤단 말이야. 여태껏 네게서 보지 못했던 모습을 봤단 말이다. 흠! 머리에 피도 안 마른 어린 것이……. 후후, 오늘 저녁에 네 귀에 바람 꽤나 들어가겠구나!

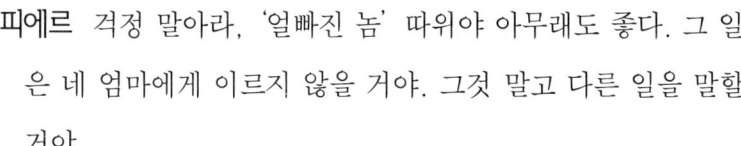
홍당무

홍당무는 대꾸할 말이 없었다. 얼굴이 정말 홍당무처럼 붉어져서, 태어날 때부터 붉었던 머리카락 색이 옅어 보일 지경이었다. 홍당무는 양 손을 바지 주머니에다 넣고, 콧물을 훌쩍이며 두꺼비처럼 슬금슬금 달아났다.

올챙이

홍당무는 뜰에서 혼자 놀고 있었다. 르픽 부인이 창 너머로 감시할 수 있도록 한복판에서 놀아야 했다. 홍당무는 올바르게 노는 연습을 하고 있는 중이었는데, 그 때 친구 레미가 나타났다.

레미는 홍당무와 동갑이고, 절름발이인데도 늘 달음박질을 하려고만 했다. 그러나 불편한 왼쪽 다리는 항상 오른쪽 다리 뒤에 끌려가기만 했지, 오른쪽 다리를 앞지르지 못했다. 레미는 바구니를 하나 들고 말했다.

"홍당무야, 나랑 같이 안 갈래? 아빠가 개천에 그물을 치는데 도와 드리고 바구니로 올챙이를 잡으면서 놀자."

"우리 엄마한테 물어 보렴."

홍당무가 대답했다.

레미 왜 내가 물어 봐야 해?

홍당무 내가 말하면 허락해 주시지 않을 테니까.

르픽 부인이 유리창에 나타났다.

"아주머니, 올챙이 잡으러 가는데 홍당무하고 같이 가도 될까요?"

르픽 부인은 유리창에 귀를 갖다 붙였다. 레미는 큰 소리로 다시 한 번 물었다. 르픽 부인은 이번에는 알아들었는지, 뭐라고 입을 움직였다. 하지만 두 아이들 귀에는 아무것도 들리지 않았다. 서로 눈만 멀뚱히 마주 바라볼 뿐이었다. 그러나 르픽 부인이 이번에는 머리를 흔들며 분명히 안 된다는 표시를 보냈다.

"안 된다는 거야."

홍당무가 설명을 붙였다.

"아마 심부름 시킬 게 있으신가 봐."

레미 할 수 없지. 아주 재미있을 텐데……. 너네 엄마가 안 된다고 하시면 안 된다는 거겠지!

홍당무 레미야, 여기서 같이 놀자. 응?

레미 싫어. 난 올챙이를 잡으러 갈 테야. 오늘은 날씨가 따뜻해서 바구니로 한가득 건져 낼 수 있을 거야.

홍당무 잠깐만 기다려 봐. 엄마는 늘 처음에는 안 된다고 하셔.

하지만 그러다가 생각을 돌리실 때도 있어.

레미 그럼, 15분만 기다려 볼게. 그 이상은 안 돼.

두 녀석이 모두 손을 바지 주머니에 넣고 우두커니 서서 능글맞은 표정으로 계단 쪽을 유심히 바라보았다.
이윽고 홍당무가 팔꿈치로 레미를 쿡 찌르며 말했다.
"어때! 내가 뭐라고 했어?"
정말 문이 열리고, 르픽 부인이 홍당무에게 내줄 바구니를 들고 층계를 내려왔다. 그러나 르픽 부인은 이상하다는 표정으로 걸음을 딱 멈추고 말했다.
"레미, 너 아직 거기 있구나! 난 벌써 간 줄 알았다. 네가 여기서 빈둥거리고 논다고 너희 아버지께 말씀드려야겠구나. 어디 한번, 혼 좀 나 봐라."

레미 홍당무가 기다리라고 했어요.
르픽 부인 홍당무야, 그게 정말이니?

홍당무는 아니라고도 못 하고 그렇다고도 할 수 없었다. 뭐라고 말해야 할지를 몰랐다. 홍당무는 르픽 부인의 성질을 속속들이 알고 있었다. 이번에도 엄마의 반응을 알아맞힌 셈인데, 저 멍텅구리 같은 레미 놈이 일을 망쳐 놓고 말았다. 이제 결말은 보나마나 뻔하다. 홍당무는 발부리로 풀을 톡톡 짓밟으며 딴전만 부렸다.

"평생 난 한 번 말한 걸 바꿔 본 적이 없는데."

르픽 부인 말했다.

그뿐이었다. 르픽 부인은 다시 층계를 올라갔다. 다시 가지고 올라가는 그 바구니는 분명 올챙이를 잡으러 가라고 가지고 나온 것이고, 그뿐 아니라 호도가 담겨 있는 걸 일부러 비워 가지고 나온 것일 텐데.

레미는 벌써 멀찍이 가 버렸다.

르픽 부인은 거의 농담을 안 하기 때문에 친구들이 어려워서 가까이 오기를 꺼렸고, 학교 선생님만큼이나 두려워했다.

레미는 개천을 향하여 줄달음치고 있었다. 어찌나 빨리 뛰는지, 절뚝거리는 왼쪽 다리가 길에 끌려 줄을 긋고, 절뚝절뚝 뛰는 소리가 마치 끓는 냄비 뚜껑 달그락거리는 소리 같았다. 한나절을 망쳐 버린 홍당무는 이젠 놀 생각도 안 했다. 재미있게 놀 수 있는 기회를 이미 놓쳐 버린 것이다.

슬슬 화가 치밀어올랐다. 심지어는 화가 치밀어오르기를 기다렸다.

홍당무는 외롭고 슬퍼지는 마음을 우울증에 내맡기고, 자신이 자초한 이 벌을 달게 받으려고 했다.

극적인 반전

제1장

르픽 부인 어딜 가는 거냐?

홍당무 (새 넥타이를 매고, 구두는 침을 뱉어 윤이 나도록 반들반들하게 닦았다) 아빠하고 산책 가요.

르픽 부인 넌 못 간다, 알겠니? 나가기만 해 봐라……. (오른손으로 때릴 듯한 시늉을 한다)

홍당무 (낮은 목소리로) 알았어요.

제2장

홍당무 (벽시계 옆에서 깊이 생각에 잠겨) 난 대체 어떡해야 하는 걸까? 매를 안 맞도록 해야겠다. 지금까지 일을 따져 봐도 아빠는 엄마보다는 덜 하시거든. 아빠에게는 유감스럽지만 말이야!

제3장

르픽 씨 (그는 홍당무를 귀여워하기는 하지만, 전혀 돌보지 못한다. 늘 사업 때문에 동분서주하기 때문이다) 자! 가자.

홍당무 싫어요, 아빠.

르픽 씨 왜 싫어? 가기 싫단 말이냐?

홍당무 가고 싶어요! 그렇지만 못 가요.

르픽 씨 무슨 일인지 말해 봐라.

홍당무 아무것도 아니에요. 그렇지만 난 집에 있을게요.

르픽 씨 아, 그래! 또 그 변덕이 났구나. 넌 참 변덕스럽구나! 너를 정말 어떻게 다뤄야 할지 모르겠다. 가고 싶다고 조르다가는 이제는 가고 싶지 않다니. 그럼 가지 말고 집에 있거라. 실컷 툴툴거리면서 말이야.

제4장

르픽 부인 (늘 엿듣고 있다) 저런 가엾어라! (싱글벙글거리며 홍당무 머리카락에 손을 넣어 쓰다듬는 체하고 잡아뜯는다) 눈물까지 글썽글썽해서는……. 아빠가 (르픽 씨를 힐끗 쳐다본다) 가기 싫다는 애를 억지로 데리고 가려고 하셨구나. 엄마라면 너를 그렇게 매정하게 대하지는 않을 텐데. (르픽 부부는 서로 등을 돌린다)

제5장

홍당무 (벽장 안에 들어가 한 손가락은 입에 넣고, 다른 한 손가락은 콧구멍을 후비며) 차라리 고아였으면 좋겠어.

사냥에서

르픽 씨는 두 아들을 번갈아 사냥에 데리고 가곤 했다.

아들들은 사냥감을 담을 자루를 메고 총대를 피해 가며 르픽 씨의 오른쪽 뒤에서 쫓아갔다. 그들의 역할은 르픽 씨가 잡은 사냥감을 줍는 것이었다.

르픽 씨는 쉬지 않고 걸었다.

홍당무는 불평도 않고 기를 쓰고 아빠를 따라갔다. 가죽신 때문에 발이 부르트고 아팠지만 입 밖으로 불평 한 마디 내지 않았다. 발가락이 으스러질 것 같았고 발가락 끝이 퉁퉁 부어 조그만 망치 모양이 되었다.

사냥을 시작하자마자 곧바로 토끼 한 마리라도 잡는 날에는 르픽 씨가 이렇게 말했다.

"홍당무야, 이 토끼를 어디 농가에다 맡겨 두든지, 울타리 밑에 감춰 뒀다가 저녁때 가는 길에 가지고 갈까?"

"아뇨, 아빠. 전 그냥 가지고 다니겠어요."

어떤 때는 하루 종일 토끼 두 마리와 메추라기 너댓 마리를 짊어지고 다니기도 했다. 어깨의 아픔을 좀 덜기 위해서 홍당무는 사냥감 자루 멜빵 밑에 손을 넣어 보기도 하고 손수건을 받쳐 보기도 했다.

그러다가도 지나가는 사람이라도 만나면 보란 듯이 등을 돌려 무거운 짐을 보였다. 그럴 때면 잠시나마 괴로움을 잊을 수도 있었다.

그러나 한 마리도 잡지 못해서 자랑할 기회마저 없으면 싫증이 났다.

"여기서 좀 기다려라. 이 밭을 훑어보아야겠다."

르픽 씨는 가끔 이렇게 말했다.

짜증이 난 홍당무는 햇볕 아래에 우뚝 서 있었다.

아빠가 이 이랑에서 저 이랑으로, 흙덩이를 밟고 다니며 쇠스랑으로 땅을 편편하게 펴고, 총으로 울타리며 덤불, 엉겅퀴 따위를 이러저리 헤치는 모습을 보고 있었다.

한편 사냥개 피람도 이제는 지쳤는지 그늘을 찾으며 혓바닥을 축 늘어뜨리고 누워서 헐떡거렸다.

'저런 데 뭐가 있다고. 쐐기풀을 때려눕히고 갈퀴질하듯 뒤헤

쳐 봐도 아무것도 없을걸! 내가 웅덩이에 풀잎을 쓰고 숨어 있는 토끼라면 이 더위에 밖으로 나오려고 하진 않을 거야!'

이렇게 홍당무는 속으로 르픽 씨에게 투덜거리고, 푸념과 원망을 늘어놓았다.

르픽 씨는 울타리를 또 하나 껑충 뛰어넘었다. 그 옆에 있는 자주색 꽃이 피어 있는 개자리 풀숲을 살펴보려는 것이었다.

거기서도 토끼를 몇 마리 찾아 내지 못한다면 정말이지 실망이 이만저만이 아닐 것이었다.

'아빠가 여기서 기다리라고 했지만, 이만큼 기다렸으니 아빠를 좀 쫓아가 봐야겠다. 시작이 나쁜 날은 끝까지 나쁜 법이거든. 그리고 이러고 있으면 집에 앉아 있는 것과 마찬가진걸 뭐. 오늘 저녁에는 빈손으로 돌아가겠군.'

홍당무는 천진스럽게 미신을 믿었다.

홍당무가 모자 가장자리를 만지면 피람이 사냥감을 발견하고 털을 곤두세우며 꼬리를 빳빳이 펴고 선다고 믿었다.

그 때, 르픽 씨가 어깨에 총을 멘 채 발끝으로 살금살금 사냥감에 가까이 다가갔다. 홍당무는 꼼짝도 하지 않고 서 있었다. 긴장되어서 숨이 막힐 지경이었다.

만약 홍당무가 모자를 벗으면, 메추라기가 나타나거나 토끼가 뛰어나온다고 믿었다. 그 다음은 홍당무가 모자를 떨어뜨리느냐 아니면 경례하는 시늉을 하느냐에 따라서 르픽 씨는 사냥감을 놓치기도 하고 잡기도 한다는 것이었다.

이것이 꼭 들어맞는 게 아니란 건 홍당무도 잘 알았다.

행운도 똑같은 행동에 늘 응해 주지 않듯이, 똑같은 몸짓을 너무 자주 되풀이하면 효과가 반감하기 마련이었다. 그래서 홍당무는 조심스럽게 간격을 두고 가끔 써먹는데, 그러면 대개는 성공했다.

"내 솜씨 봤지?"

르픽 씨는 아직 체온이 따뜻한 토끼를 거꾸로 들고 그 금빛 배를 훑어 마지막 배설물을 빼내며 물었다.

"왜 웃는 거냐?"

"제 덕분에 잡은 거예요."

홍당무가 대답했다.

홍당무는 이번에도 성공한 것이 자랑스러워, 당당하게 자기 방법을 설명했다.

"너 진심으로 그렇게 생각하는 거냐?"

어이가 없다는 듯이 르픽 씨가 말했다.

홍당무 당연하죠, 반드시 그렇다고 우기려는 건 아니지만요.
르픽씨 입 다물지 못하겠니, 바보 같은 녀석. 똑똑한 아이라는 평판을 유지하고 싶거든, 다른 사람들 앞에서는 그런 엉터리 같은 말을 안 하는 게 좋을 거다. 기가 막혀 할 테니까 말이다. 그게 아니면 이 아빠를 놀리는 거냐?

홍당무 절대, 아니죠. 아빠. 아빠, 말씀이 옳아요. 전 바보라니까요.

홍당무

파리

그대로 사냥은 계속되었다. 제 딴에도 어리석은 짓을 한 것 같아서 홍당무는 뉘우친다는 표시로 어깨를 들썩해 보이며, 기운을 내어 아버지 뒤를 쫓아갔다. 아버지가 왼발을 디뎠던 곳에 똑같이 자신의 왼발을 놓으려 애쓰며 마치 귀신에게나 쫓기듯이 보폭을 크게 하여 성큼성큼 달렸다. 딸기나 들배, 그리고 먹으면 입 안이 마르고 입술이 허옇게 되며 갈증이 가시는 산사 나무 열매 따위를 딸 때를 제외하고는 쉴 겨를도 없었다.

사냥감 주머니에 술이 한 병 들어 있었는데 홍당무가 한 모금 한 모금 혼자서 거의 다 마셔 버렸다. 르픽 씨가 사냥에 취해서 술 달라는 것도 잊어버렸기 때문이다.

"아빠, 한 모금 드릴까요?"

바람결에 싫다는 소리가 날아올 뿐이었다. 홍당무는 아버지에게 내주려던 술을 마저 꿀꺽 마셔 버리고 술병을 비웠다. 머리가 횡횡 돌기 시작했지만 아버지 뒤를 다시 쫓았다.

홍당무는 갑자기 멈춰 서서 손가락을 귓속에다 넣고 마구 후비다가 손가락을 빼고 귀를 기울여 보았다. 그리고 르픽 씨를 향해 외쳤다.

"아빠, 제 귀에 파리가 들어갔나 봐요."

르픽 씨 그럼, 꺼내면 되잖니!
홍당무 깊이 들어갔는지 손이 닿지 않아요. 그리고 귓속에서 윙윙거려요.
르픽 씨 저절로 죽게 내버려 두렴.
홍당무 알을 까면 어떡해요, 아빠? 그 속에 집을 지으면 어떡하죠?
르픽 씨 수건 끝을 넣어서 죽여 보려무나.
홍당무 술을 부어 넣으면 어떨까요? 그렇게 해도 돼죠?

"마음대로 하렴. 그렇지만 대신 빨리 해야 한다."
르픽 씨가 외쳤다.
홍당무는 병 입구를 귀에다 갖다 대고 술을 붓는 시늉을 했다. 르픽 씨가 자기 술을 달라고 할 경우를 생각하고 하는 짓이었다.

이윽고 홍당무는 신이 난 듯 달리며 말했다.
"이젠 파리 소리가 안 들려요. 죽었나 봐요. 대신에 파리가 술을 몽땅 마셔 버렸어요."

처음 잡은 도요새

"거기 서 있어라. 거기가 그 중 사냥하기 가장 좋은 자리란다. 난 피람을 데리고 숲 속을 돌아보고 도요새를 몰아오겠다. '삐삐' 소리가 들리거든 귀를 쫑긋 세우고 눈을 크게 뜨고 있거라. 도요새들이 네 머리 위로 날아갈 테니."

르픽 씨가 말했다.

홍당무는 총을 팔에 비스듬히 들고 있었다.

도요새를 쏘는 건 이번이 처음이었다.

이미 홍당무는 르픽 씨의 총으로 메추라기 한 마리를 쏘아 보았고, 자고새의 깃털을 맞춘 적도 있었고, 그리고 토끼 한 마리를 놓친 경력이 있었다.

그는 멈춰 서 있는 개 바로 코앞에서 메추라기를 쏘아 죽였다.

홍당무는 처음에는 메추라기를 알아보지 못한 채 그저 동그란 흙색의 공인 줄만 알고 바라보고 있었다.

"뒤로 물러나. 너무 다가섰다."

르픽 씨가 이렇게 말했다.

그러나 홍당무는 본능적으로 한 걸음 앞으로 내디뎠다. 총대를 어깨에 대고 바로 앞에서 총을 쐈다. 그 흑색 공은 땅 속으로 꺼져 들어갔다. 메추라기는 으스러져 형체를 알아볼 수 없었고, 단지 털과 피 묻은 주둥이밖에는 흔적도 찾아볼 수 없었다.

그렇지만 일류 사냥꾼의 명성을 떨치게 하는 것은 뭐니뭐니해도 도요새를 사냥하는 것이었다. 그러므로 오늘 저녁은 홍당무의 일생에 기념할 만한 날이 되어야 했다.

누구나 알다시피 황혼이란 사람의 눈을 속이는 법이다. 사물의 윤곽이 연기 낀 것처럼 뿌옇게 흐려 보였고, 모기가 한 마리 날아도 천둥이 울리는 것처럼 세상을 뒤흔들었다. 홍당무는 가슴이 몹시 두근거려 차라리 빨리 기다리던 순간이 오기를 바랐다.

벌판에서 날아오던 개똥지빠귀가 참갈나무 사이로 확 흩어졌다. 우선 홍당무는 눈을 익히기 위하여 개똥지빠귀 떼를 겨누어 보았다. 총대에 안개처럼 서리는 입김을 소매로 문질러 닦았다. 메마른 나뭇잎이 여기저기서 바람에 날리고 있었다.

마침내 도요새 두 마리가 날아올랐다. 그러나 부리가 너무 길어 느리게 날았고, 다정스럽게 서로 쫓고 쫓기곤 하며 숲 위를 맴돌았다.

르픽 씨가 말한 것처럼 그들은 '삐, 삐, 삐.' 하고 울었다. 하지만 그 소리가 하도 약해서, 정말 이쪽으로 오는지 의심스러울 정도였다.

홍당무의 눈이 빠르게 움직였다. 이윽고 머리 위로 두 그림자가 지나가는 걸 본 홍당무는 총개머리를 배에다 대고, 공중을 향하여 어림짐작으로 방아쇠를 당겼다.

두 마리 중의 한 놈이 부리를 바닥으로 내리고 떨어졌다. 총 소리의 메아리가 숲 주변으로 울렸다.

홍당무는 날갯죽지에 상처를 입은 도요새를 주워들고, 의기양양해서 자랑스럽게 흔들며 화약 냄새를 맡았다.

피람이 먼저 달려왔다. 그 뒤에 르픽 씨가 평소보다 서두르지도, 느릿하지도 않게 다가왔다.

'아빠가 좋아하시겠지.'

칭찬을 기대하고 있는 홍당무는 속으로 이렇게 생각했다.

그러나 나뭇가지들을 헤치고 나타난 르픽 씨는 아직 화약 연기에 쌓여 있는 홍당무를 보며 담담한 목소리로 한 마디 던졌다.

"왜 두 마리를 다 맞히지 못했니?"

낚시 바늘

1

홍당무는 지금 생선 비늘을 긁는 중이었다. 모래무지, 붕어, 그리고 농어까지 있었다. 그는 칼로 비늘을 긁고 배를 갈랐다. 두 겹으로 된 투명한 부레가 나오면 발뒤축으로 밟아 터뜨려 고양이에게 줄 내장을 따로 모아 두었다.

홍당무는 땀을 흘려 가며 열심히 일했다. 하얀 거품이 가득 찬 물통 위로 몸을 기울였지만 옷이 젖지 않도록 조심했다.

르픽 부인이 와서 들여다보며 말했다.

"잘했다. 오늘은 싱싱한 생선 튀김감을 낚아 왔구나. 너도 일을 하려고만 들면 잘하는구나."

르픽 부인은 이렇게 한 마디 하고, 홍당무의 목덜미와 어깨를 툭툭 쳐 주었다.

그런데 막 손을 떼려는 순간 르픽 부인이 소리를 질렀다. 낚시 바늘에 손가락 끝을 찔린 것이었다.

에르네스틴 누나와 펠릭스 형이 달려왔고, 이윽고 르픽 씨도 달려왔다.

"어디 좀 봅시다."

그러나 르픽 부인은 이 말에 오히려 손가락을 치마에 감아 감췄다. 그 때문에 낚시는 더욱 깊이 박혔다. 펠릭스와 에르네스틴이 엄마를 부축하고 있는 동안, 르픽 씨는 아내의 팔을 잡아 치켜들었다. 손가락이 식구들 눈 앞에 드러났다. 낚시는 손가락을 뚫고 들어가 박혀 있었다.

르픽 씨가 낚시를 빼려고 건드렸다.

"싫어요! 그렇게 건드리지 말아요!"

르픽 부인이 악을 썼다.

사실 낚시 한쪽 끝에는 미늘이 있고 그 반대쪽에는 구부러진 고리가 있어서 움직이지 않았을 것이다. 르픽 씨는 안경을 꺼내 썼다.

"제기랄, 낚시를 부러뜨려야겠네."

하지만 어떻게 부러뜨린단 말인가! 르픽 씨도 어떻게 해야 할지를 모르고 있었을 뿐만 아니라, 낚시를 만지려고 하면 르픽 부인이 고통스러운 소리를 냈기 때문이다. 대체 누가 심장이라도 빼가겠다고 했나? 아니면 목숨이라도 빼앗겠다고 했나? 물론, 이 낚시는 강철로 날카롭게 만든 것이었다.

"그럼 살을 찢을 수밖에 없겠군."

르픽 씨가 말했다.

그는 안경을 고쳐 쓰더니 칼을 꺼내 손가락 위를 긋기 시작했다. 그러나 칼날이 무뎌서 살 속을 파고들지 못했다. 르픽 씨는 좀더 힘을 주었다. 땀이 흘렀다. 마침내 피가 나왔다.

"아야, 아! 아이고! 아파요!"

르픽 부인이 소리를 지르자 모두 몸이 떨렸다.

"더 빨리 하세요, 아빠!"

에르네스틴 누나가 말했다.

"엄마, 정신차리세요!"

펠릭스 형도 르픽 부인에게 말했다.

르픽 씨는 마음을 굳게 먹고 칼로 마구 살을 찢고 그어 댔다.

르픽 부인은 "아이고, 사람 살려!"라고 간신히 외치고는 그만 정신을 잃었다. 차라리 다행인지도 몰랐다.

르픽 씨는 그 틈을 타서 창백한 얼굴로 미친 듯이 살을 파헤치고 잘라 냈다. 피투성이인 손가락에서 드디어 낚시가 떨어졌다.

후유!

그러는 동안 홍당무는 아무런 도움도 안 됐다. 르픽 부인이 맨 처음 소리를 질렀을 때, 벌써 그는 도망쳐 버렸기 때문이다. 홍당무는 계단 위에 앉아 두 손으로 머리를 감싸고 어떻게 된 일인지 생각해 보았다.

아마도 낚싯줄을 멀리 던질 때 낚시가 등에 걸렸었나 보다.

"어쩐지 물고기가 통 걸리지를 않더라니."

홍당무는 혼자 중얼거렸다.

어머니의 신음 소리가 들려왔지만, 그 소리를 들어도 별로 슬프지 않았다.

조금 있다가 자기가 엄마보다 더 큰 소리로 목이 터져라고 힘껏 고함을 쳐야 했다. 그래야 엄마가 앙갚음을 한 것으로 여기고 자신을 그냥 내버려 둘 테니까.

궁금해진 이웃 사람들이 몰려 와서 물었다.

"홍당무야, 무슨 일이니?"

홍당무는 대답하지 않았다.

홍당무는 귀를 틀어막고 붉은 머리가 보이지 않도록 숙였다. 이웃 사람들은 계단 밑에 줄지어 서서 무슨 소식을 들을까 하고 기다렸다.

드디어 르픽 부인이 나왔다. 산모처럼 해쓱한 얼굴로 굉장한 일을 겪었다는 듯 자랑스럽고 조심스럽게 붕대를 감은 손가락을 앞으로 내밀었다. 르픽 부인은 계속되는 고통을 꾹 참고, 모인 사람들에게 미소를 띠어 보였다. 몇 마디로 그들을 안심시키고, 홍당무에게 다정스럽게 말했다.

"넌 이 엄마를 아프게 했구나. 하지만 널 탓하지는 않는단다. 네 잘못이 아니니까."

여태껏 르픽 부인은 홍당무에게 이렇게 다정스럽게 말해 본 적이 없었다.

홍당무는 깜짝 놀라 머리를 번쩍 들었다. 그는 엄마 손이 깨끗한 헝겊과 실로 감겨져 있는 것을 보았다. 그 모양은 마치 인형 같았다.

그 순간 홍당무의 눈에 눈물이 글썽글썽 고였다.

르픽 부인이 몸을 굽히자, 홍당무는 습관적으로 팔꿈치를 들어 얼굴을 가로막는 몸짓을 했다. 그런데 르픽 부인은 때리지 않고 너그럽게 모든 사람 앞에서 그를 껴안아 주었다.

홍당무는 무슨 영문인지 몰랐다. 그의 눈에서 눈물이 비 오듯 쏟아졌다.

"이젠 다 지난 일이고, 용서한다는데 왜 그러니! 아니면 엄마가 그렇게 심술궂게 보이니?"

홍당무의 흐느끼는 소리가 더욱 커졌다.

"아니, 애가 왜 이러지. 남이 들으면 내가 목이라도 조르는지 알겠구나."

르픽 부인은 자신의 너그러운 애정에 감동된 이웃 사람들을 보며 이렇게 말했다.

르픽 부인은 그들에게 낚시를 내보였다. 모두들 신기한 듯 자세히 살펴보았다. 그들 중 한 사람이 그 낚시가 팔 호짜리 바늘이라고 자신 있게 말했다.

말문이 열린 르픽 부인은 이웃 사람들에게 이번 사건의 전말을 수다스럽게 늘어놓았다.

"내가 그 애를 사랑하기에 망정이지, 그렇지 않았다면 그 자리에서 아마 죽여 버렸을 거예요. 글쎄, 이렇게 작은 낚시가 사람을 잡겠더라고요. 이 조그마한 낚시가 말이에요, 날 공중으로 꿰어 올리는 줄 알았다니까요, 글쎄."

에르네스틴 누나는 그 낚시를 멀리 정원 한구석에 구덩이라도 파서 묻어 주자고 제안했다.

"안 돼! 그럴 수는 없어! 낚시는 내가 가질 거야. 난 그걸로 낚시질을 할 테야. 엄마 피에 잠겼던 낚시라, 아주 굉장할 거야! 아마, 물고기들이 많이 낚일 거야. 두고 봐, 이 자식 허벅다리만한 걸 잡을 거니까!"

펠릭스 형은 이렇게 말하고 홍당무를 흔들어 댔다. 벌을 모면했다는 사실 때문에 여전히 멍한 채로 있던 홍당무는 충분히 뉘우치고 있다는 모습을 과장되게 표현하기 위해 쉰 목소리로 울어 댔다. 주근깨 투성이인 얼굴 위로 눈물이 좍좍 씻어 내리고 있었다.

은화

르픽 부인 얘, 너 뭐 잃어버린 것 없니?

홍당무 없는데요, 엄마.

르픽 부인 생각도 안 해 보고 없다고 말하다니! 먼저 네 호주머니를 뒤져 보렴.

홍당무 (호주머니 속을 뒤져 본다. 당나귀처럼 축 늘어진 꼴을 들여다보더니) 아, 알았어요. 엄마, 돌려주세요.

르픽 부인 돌려 달라니, 뭘? 그럼, 뭘 잃어버렸단 말이니? 그냥 넘겨짚은 건데, 그럼 엄마가 맞았구나! 뭘 잃어버렸니?

홍당무 몰라요.

르픽 부인 아니, 거짓말을 하려고 들다니. 우물쭈물하는 게 수상한데. 어서, 똑바로 대답하지 못하겠니! 뭘 잃어버렸니? 팽이냐?

홍당무 네, 맞아요. 제 팽이를 잃어버렸어요, 엄마.

르픽 부인 잃어버린 게 팽이가 아니잖아. 그건 저번 주에 내가 치웠는데.

홍당무 그럼…… 제 칼이요.

르픽 부인 무슨 칼? 누가 칼을 사 줬니?

홍당무 아니요, 아무도 안 사줬어요.

르픽 부인 더 이상 얘기해 봐야 소용 없겠다. 누가 보면 엄마가 네게 트집을 잡고 있는 줄 알겠다. 그렇지만 여기에는 우리 둘밖에 없어. 엄마가 네게 진지하게 묻는 거야. 엄마를 사랑하는 아이라면 모든 걸 사실대로 털어놔야 한단다. 넌 은화를 잃어버렸어, 그렇지? 그 은화는 어디서 났니? 아니라고는 못할 거다. 봐라, 네 코가 실룩실룩하잖니.

홍당무 엄마, 그 은화는 내 거예요. 대부 아저씨가 일요일날 주셨어요. 잃어버린 건 제 잘못이지만 속상했어요. 그렇지만 단념해야 했죠. 그리고 별로 중요하게 여기지도 않았어요. 은화 하나 더 있으나 없으나 제게는 똑같으니까요!

르픽 부인 그럼 그렇지. 그런데 넌 어떻게 그렇게 말할 수가 있니? 잃어버려도 상관 없다니. 너를 그렇게 귀여워해 주는 대부 아저씨의 호의를 그런 식으로 보답하다니. 대부 아저씨가 들으면 얼마나 섭섭하시겠니.

홍당무 엄마, 제가 그 돈을 쓰고 싶은데다가 다 써 버린 셈 치면 되잖아요. 평생 지니고 있을 수는 없잖아요.

르픽 부인 조용히 해라. 누가 준 걸 잃어버리고도 아무렇지도 않다니! 그러면 안 된단다. 또 함부로 써도 안 되는 거야. 지금 가지고 있지 않다면 찾아 오든 빌려 오든 간에 그 돈을 꼭 가져오도록 해라! 변명은 그만두고 어서 나가!

홍당무 네.

르픽 부인 제발, 그 '네.' 소리 좀 안 할 수 없니. 그리고 이상한 행동을 하는 것도 정말 못마땅하구나. 또 한 번 콧노래를 부르거나, 이 사이로 휘파람 소릴 내면서 천하태평인 마차꾼 흉내를 내면 혼날 줄 알아라!

2

　홍당무는 정원의 좁은 길을 어정어정 왔다 갔다 하며 한숨을 쉬었다.

　은화를 찾는 시늉만 하다가 괜히 코만 훌쩍거렸다. 엄마가 내다보는 기색이면 가만히 멈춰 서거나, 쪼그려 앉아 손가락 끝으로 풀이나 고운 모래흙을 파헤쳤다.

　엄마의 모습이 사라지면 더 찾아보려고 하지도 않고 그저 눈속

임으로 찾는 척만 하며 빈둥빈둥 계속 걸어다닐 뿐이었다.

그 은화가 어디로 갔담? 저 나무 위 새둥우리 속에 들어 있을까?

애써 찾으려 하지 않아도 금화를 줍는 사람들이 있었다. 그런 일은 실제로 일어난다. 하지만 홍당무는 아무리 땅 위를 기어다니고 무릎과 손톱이 닳도록 찾아다녀도 핀 하나 못 찾아 낼 것이다.

홍당무는 서성거리는 데도 지치고, 가망 없는 일에 막연한 기대를 하는 것도 지쳐서 깨끗이 단념해 버렸다. 그래서 엄마의 동정을 살피기 위해 집으로 들어갔다. 지금쯤은 누그러져서 은화를 못 찾았어도 야단치지 않을 거라는 기대를 안고 말이다.

르픽 부인의 모습이 보이지 않았다. 홍당무는 조심스레 엄마를 불러 보았다.

"엄마, 엄마!"

대답이 없었다.

방금 전에 급하게 밖으로 나갔는지 탁자 서랍이 열려 있었다. 털실과 바늘, 그리고 흰색, 붉은색, 검은색 등등의 여러 가지 실패 틈에 섞여 있는 은전 몇 개가 눈에 띄었다.

그 은화들은 마치 거기 갇혀 있는 것 같았다. 거기서 잠들어 있다가 가끔 잠에서 깨어 이 구석에서 저 구석으로 밀리고 뒤섞여 몇 개가 들어 있는지 모를 정도로 많았다.

세 개인가 하면 네 개인 것 같고, 또 여덟 개가 있는 것 같기도 했다. 서랍을 뒤집어엎고 실타래를 헤치고 해야 할 테니, 세어 보기도 쉽지 않았다. 설사 그렇게 한대도 얼마가 있는지 어떻게 알까 싶었다.

운명의 여신이 자신의 편이기를 간절히 바라면서 홍당무는 결단을 내리고 서랍에 팔을 뻗어 재빨리 은화 한 개를 훔쳐 도망쳤다.

누가 봤을까 봐 걱정이 되었지만, 홍당무는 주저하지도 후회하지도 않기로 했다. 탁자로 되돌아가고 싶은 유혹도 뿌리쳤다.

그는 무조건 달아났다. 너무 빨리 뛰어서 멈출 수도 없었다.

무작정 달리다가 적당한 장소를 골라서 거기다 그 돈을 '잃어버리기'로 했다.

은화를 떨어뜨리고 발로 꽉꽉 밟았다. 그러고는 코가 바닥에 닿을 정도로 엎드려서 기어다녔다. 그 모습은 눈을 가리고 숨긴 물건 주위를 빙빙 도는 장님 놀이를 하는 것 같았다. 그 놀이의 주도자가 애가 타서 자기 종아리를 두드리며 이렇게 외치는 그 놀이 말이다.

"야! 조금만 더 앞으로 오면 잡겠다! 닿을 듯 말 듯 해!"

3

홍당무 엄마, 엄마, 찾았어요!
르픽 부인 나도 찾았단다.
홍당무 네? 여기 있는데요.
르픽 부인 나도 여기 있다.
홍당무 어디, 좀 보여 주세요.
르픽 부인 너야말로 어디 좀 보자.

홍당무는 은화를 내보였다. 르픽 부인도 자기 것을 내보였다. 홍당무는 은화 두 개를 양 손에 들고 만지작거렸다. 그 와중에 할 말을 준비했다.

"이상하네요. 엄마는 어디서 찾으셨어요? 전 저 정원 길에서 찾았어요. 저 배나무 밑에서요. 그 위를 수십 번이나 밟고 다녔어요. 처음에는 종이 조각인가, 오랑캐꽃인가 했어요. 그래서 주울 생각도 안 했거든요. 아마 요전에 장난치면서 풀 위를 뒹굴 때 호주머니에서 떨어졌나 봐요. 가까이 다가가서 은화가 숨어 있던 곳을 좀 보세요. 요녀석이 나를 골탕 먹이고 재미있어했겠죠."

르픽 부인 엄만, 네가 벗어 놓은 윗도리에서 찾았는데. 몇 번이나 주의를 주었는데도 넌 옷 갈아입을 때, 아직도 호주머니

속 물건을 꺼내는 것을 잊는단 말이야. 그래서 버릇을 고쳐 주려고 한 거란다. 그런데 찾으면 나온다는 게 정말인가 보구나. 너에게 은화가 한 개가 아니라 하나가 더 생겼으니 말이다. 아주 부자가 됐네. 어쨌든 끝이 좋으면 모든 게 좋은 거지. 하지만 미리 말해 두지만 돈이 행복을 가져오는 건 아니란다.

홍당무 엄마, 이제 나가 놀아도 돼죠?

르픽 부인 그래, 나가 놀아라. 이제는 어린애 같은 장난은 하지 말아라. 자, 여기 은화 두 개 다 가져가라.

홍당무 엄마, 하나면 돼요. 나머지 하나는 쓸 데가 있을 때까지 엄마가 맡아 주세요, 네?

르픽 부인 아니다. 가까운 사이일수록 돈 거래는 확실히 하라고 했다. 네 건 네가 가지고 있어라. 두 개 다 네 돈이니까……. 하나는 대부가 준 것, 또 하나는 배나무 밑에서 찾은 것. 주인이 나타나지 않는 한 말이다. 그런데 대체 누구 것일까? 아무리 생각해 봐도 모를 일이네. 넌 짐작 가는 사람 없니?

홍당무 없어요. 전 아무래도 좋아요. 내일 생각해 볼게요. 그럼 나갔다 올게요, 엄마.

르픽 부인 잠깐만! 정원사 아저씨 것일까?

홍당무 가서 물어 볼까요?

르픽 부인 잠깐 엄마랑 같이 다시 좀 생각해 보자. 네 아빠는 나이가 나이니만큼 그런 실수는 안 하실 테고, 누나는 남은 돈은 저금통에 넣어 두고, 형은 돈을 잃어버릴 겨를도 없이 써 버리지. 그럼 결국, 그건 엄마 돈이겠구나

홍당무 그럴 리가요. 엄마는 언제나 꼼꼼하게 정리하시잖아요…….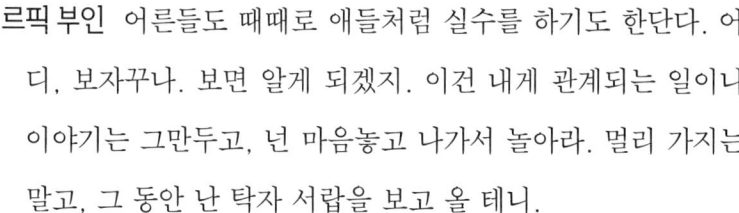

르픽 부인 어른들도 때때로 애들처럼 실수를 하기도 한단다. 어디, 보자꾸나. 보면 알게 되겠지. 이건 내게 관계되는 일이니 이야기는 그만두고, 넌 마음놓고 나가서 놀아라. 멀리 가지는 말고, 그 동안 난 탁자 서랍을 보고 올 테니.

홍당무는 뛰어나가다가 되돌아섰다. 탁자로 가는 엄마의 뒷모습을 잠시 바라보다가 뒤를 쫓아갔다. 엄마 앞을 딱 막아섰다. 그러고는 아무 말 없이 한쪽 뺨을 내밀었다.

르픽 부인은 오른손을 위로 치켜들고 금방이라도 내려칠 것 같았다.

"네가 거짓말쟁이인 줄은 진작부터 알고 있었지만, 설마 이렇게까지 할 줄은 몰랐다. 거짓말에 또 다른 거짓말을 하다니. 어디, 계속 그렇게 해 봐라. 바늘 도둑이 소 도둑 될 테니까. 나중에는 엄마까지 잡아먹겠구나."

르픽 부인의 손이 찰싹 하고 홍당무의 뺨 위에 떨어졌다.

자기 의견

르픽 씨, 펠릭스 형, 에르네스틴 누나, 그리고 홍당무는 벽난롯가에 모여 앉아 밤늦게까지 이야기를 나누었다. 벽난로에는 나무가 통째로 타고 있었다. 그들이 의자에 다리를 올려놓고 둘러앉아 있어, 의자가 흔들흔들 움직였다. 그들은 지금 토론을 하던 중이었다.

홍당무는 르픽 부인이 없는 틈을 타서, 자기 의견을 말하고 있었다.

"제 생각에는 가족이라는 이름은 무의미한 것 같아요. 아빠, 제가 아빠를 얼마나 사랑하는지 알고 계시죠. 그런데 저는 아빠를 단지 아빠라서 사랑하는 게 아니고요, 아빠가 제 친구이기 때문에 사랑하는 거예요. 사실 아빠는 제 아빠로서는 아무 자격도 없거든요. 하지만 전 아빠의 사랑을 느꼈고, 감동도 받았어요. 제게 사랑을 베풀어야 할 의무는 없지만, 제게 너그럽게 베풀어 주셔서 감사하게 생각하고 있어요."

"참!"

르픽 씨가 대답했다.

"그럼, 난? 난 어때?"

펠릭스 형과 에르네스틴 누나가 묻는다.

"마찬가지지 뭐. 형과 누나가 내 형과 누나가 된 건 우연일 뿐이야. 그러니 그것에 대해 내가 감사할 필요는 없지. 우리 셋이 모두 르픽의 성을 타고난 게 누구의 잘못은 아니잖아? 형이나 누나도 그건 어쩔 수 없었던 일이니까. 우리가 우리의 의지로 혈연관계가 된 게 아니기 때문에 감사할 필요가 없는 거야. 단지 내가 감사하는 건 형이 날 보호해 주고, 누나가 나를 잘 돌봐주는 것에 대해서 뿐이야."

"천만의 말씀."

펠릭스가 말했다.

"대체 어떻게 그런 엉뚱한 생각을 하게 되었니?"

에르네스틴 누나가 말했다.

홍당무는 이렇게 덧붙였다.

"내가 말하는 건, 일반적으로 말해서 그렇다는 거야. 누구 한 사람을 지칭해서 말한 건 아니야. 엄마가 이 자리에 계시더라도 난 당당하게 똑같이 말했을 거야."

"넌 그런 말 두 번 다시 되풀이하진 못할 거야."

펠릭스 형이 대꾸했다.

"내 말이 어디가 틀렸단 말야? 내 생각을 이상하게 듣지 않았으면 좋겠어! 난 무뚝뚝하지 않아, 겉으로 보이는 것보다 나는 훨씬 더 형을 사랑하고 있거든. 그러나 이 애정은 평범하고 본능적이고 판에 박은 듯한 그런 것이 아니라, 의지와 이성으로 이루어진 논리적 사랑이야. 논리적 사랑! 이게 바로 내가 찾고 있던 말이야."

"언제나 얼토당토않은 말을 하는 그 버릇을 버리겠니?"

르픽 씨가 잠자리에 들기 위해 일어서며 말했다.

"자신도 무슨 뜻인지 모르는 말을 함부로 쓰고, 게다가 어린 나이에 벌써 남들 앞에서 잘난 척하려고 들다니! 만일 내가 돌아가신 네 할아버지 앞에서 그런 식으로 입 가벼운 소리를 네 반의 반의 반만큼이라도 했다가는, 당장 매를 맞았을 거다. 내가 당신의 아들이라는 것을 한 번에 알게 해 주셨을 거야."

"시간을 보내려면 이런 얘기라도 해야죠."

불안스러운 표정으로 홍당무가 둘러댔다.

"차라리 입 다물고 있는 게 훨씬 낫다는 말이다."

르픽 씨는 한 손에 촛불을 들고 일어서며 그 말을 남기고 나가 버렸다.

펠릭스 형이 그 뒤를 쫓아 일어서며 "자, 친구 재미있게 보내게!", 이어 에르네스틴 누나가 일어서며 "잘 자거라." 하고 엄숙한 어조로 말했다.

혼자 남은 홍당무는 어리둥절했다.

어제도 르픽 씨가 홍당무에게 좀 깊이 생각하는 버릇을 들이라고 말했다.

"대체, 그 '우리는'이라는 게 누구란 말이냐? 우리는 존재하지 않는 것이다. 모든 사람, 그건 결국 아무도 아닌 것이다. 넌 어디서 얻어들은 것을 너무 많이 얘기한단 말이야. 좀 자기 스스로 생각하려고 해 봐라. 자기 생각을 말하란 말이야. 단 한 번, 단 한 마디라도 좋으니 말이야."

처음으로 한 의견 진술이 이렇게 무시당하고 보니 홍당무도 기가 죽어 벽난로 불에 재를 덮고 의자를 벽에 나란히 정돈해 놓고 나서, 벽시계에게 인사를 한 후에 자기 방으로 갔다.

홍당무의 방은 지하실로 통하는 계단과 붙어 있어서 '지하실 방'이라고 불렀다. 여름에는 서늘해서 좋았고, 사냥감을 일 주일 정도는 상하지 않게 보관할 수 있었다. 최근 잡아 온 죽은 토끼가 접시에 코피를 흘리고 있었고 닭 모이로 가득 찬 바구니도 몇 개 있었다. 소매를 걷고 팔꿈치까지 그 속에 넣고 휘젓고 놀면 시간 가는 줄도 모르게 재미있었다.

평소처럼 옷걸이에 걸려 있는 식구들의 옷이 오늘따라 유난히 눈에 띄었다. 그 모양이 마치 방바닥에 일부러 가지런히 구두를 벗어 놓고 목매달아 죽은 사람들 같았다.

그런데 오늘 저녁에는 홍당무는 전혀 무섭지 않았다. 그는 침대 밑을 훑어보지도 않았고, 달빛도 그림자도 무섭지 않았다. 창에서 뛰어내리고 싶은 사람을 위하여 일부러 파 놓은 것 같은 그 우물도 오늘은 무섭지 않았다.

무섭다고 생각하면 분명 무서워지기도 하겠지만, 그러나 그는 더 이상 그런 생각을 하지 않았다. 속옷만 입고 찬 기운을 피하기 위해 붉은 돌바닥 위를 발끝으로 걷는 것도 잊고 있었다.

그리고 침대 속에 들어가서 습기 찬 벽의 얼룩을 물끄러미 쳐다보며, 계속해서 '자신의' 의견을 떨쳤다. 그러나 홍당무는 자신의 의견이란 남에게 말하지 않고 혼자만 마음 속으로 간직해야 한다는 것을 깨달았다.

나뭇잎의 폭풍

벌써 오래 전부터 홍당무는 물끄러미 포플러 나무 꼭대기에 걸려 있는 잎 하나를 바라보고 있었다.

하염없이 생각에 잠겨 그 나뭇잎이 흔들리기를 기다렸다.

그 잎은 나무와는 따로 떨어져 홀로 살고 있는 것 같았다. 가지도 없이 자유롭게 말이다.

날마다 그 잎은 아침 햇빛을 받아 물들고, 저녁의 마지막 석양에 물들곤 했다.

그런데 그 잎이 정오부터 아직까지 죽은 듯이 꼼짝도 안 하고 있다.

나뭇잎이라기보다는 차라리 점(點)에 가까웠다. 그래 슬슬 조바심이 나고 무작정 기다리는 것이 따분해졌다.

그 때였다. 드디어 잎이 팔랑이며 신호를 보냈다.

그 잎 바로 밑에 있던 잎들이 같은 손짓을 했다. 다른 잎들도 살랑살랑 그 신호를 되풀이하며 이웃 잎들에게 전달했다. 순식간에 똑같은 신호가 잎에서 잎으로 이어졌다.

그런데 바로 그것이 위험을 알리는 신호였다. 그 신호에 이어 지평선에는 잿빛 삿갓 모양의 구름이 나타났기 때문이다.

포플러 나무는 벌써 몸서리를 치고 있었다! 나무는 자신을 짓누르는 무거운 공기를 밀어내려고 애썼다.

포플러 나무의 불안은 느티나무로, 참갈나무로, 마로니에 나무로 전해졌다. 그리고 정원의 모든 나무도 손짓 몸짓으로 서로에게 알렸다. 하늘에 삿갓구름이 펼쳐져 있고, 그 선명하고 컴컴한 가장자리가 이쪽으로 향하고 있다고 말이다.

나무들은 처음에는 가느다란 나뭇가지를 흔들어 새들의 노래를 멈추게 했다. 날콩을 튀기는 듯한 소리를 내는 지빠귀, 페인트 칠을 한 듯한 목에서 방금 전까지도 시끄러운 소리를 내뿜던 산비둘기, 그리고 꼬리가 눈에 거슬리는 까치…….

그러고 나서 나무들은 자신들에게 다가오는 적을 위협해 보려고 굵은 가지를 흔들어 대기 시작했다.

잿빛 삿갓구름은 서서히 침입해 들어왔다.

삿갓구름은 조금씩 하늘을 덮었다.

맑고 파란 하늘을 몰아내고 잿빛으로 물들이고, 공기가 통할 만한 구멍들을 모조리 막아 홍당무까지 숨막히게 하려는 속셈이었다.

때로는 그 삿갓구름이 제 자신의 무게에 지쳐 마을 위로 떨어질 것만 같았다. 하지만 그 구름은 종탑(鐘塔)의 뾰족한 끝에서 그 진행을 멈췄다. 마치 종탑 끝에 걸려 찢어질까 두려워하듯이…….

구름이 지척까지 다가오자, 누가 건드리지 않아도 소동이 벌어지고, 천지진동이 일어날 지경이었다.

놀라서 화가 난 가지들이 마구 뒤엉켰다. 홍당무는 그 나뭇가지들 속에 동그란 눈과 노란 부리들이 올망졸망 모여 있는 새둥지도 여러 개 있을 거라고 생각했다.

나무 꼭대기가 아래로 축 쓰러지더니 깜짝 놀라 깨어나는 사람들처럼 일어섰다. 또 나뭇잎은 줄지어 날아갔다가 곧바로 길들여진 새가 겁에 질려 되돌아오듯이 돌아와 한사코 나뭇가지에 매달렸다.

가느다란 아카시아 잎들은 한숨을 쉬고, 껍질 벗겨진 벚나무 잎들은 앙알거렸다.

마로니에 잎은 휙휙 휘파람을 불고, 쥐방울덩굴은 담벽 위에서 앞뒤로 잎을 팔랑거리며 잔물결처럼 출렁거렸다.

그 밑에는 잘 익은 사과나무들이 사과를 뒤흔들어 둔한 소리를 내며 땅을 두드렸다.

그 밑에는 스구리 나무가 빨간 열매를 핏방울을 흘리듯 떨어뜨리고, 검은 스구리 나무는 검은 잉크 방울을 흘렸다.

또 그 밑에서는 술에 취한 양배추가 당나귀처럼 귀를 흔들어 댔고, 성난 양파들이 서로 맞부딪치면서 씨가 가득 들어 둥그렇게 부푼 머리를 터트렸다.

왜 그러는 걸까? 대체 무슨 일일까? 이제 어떻게 될까?

천둥 소리도 들리지 않았고, 우박도 내리지 않았다. 번갯불 한 번 번쩍이지 않고, 비 한 방울 오지 않았다.

그러나 이렇듯 초목들이 미친 듯이 야단치고, 홍당무가 겁을 먹은 것은, 하늘을 덮은 폭풍의 어둠, 먹구름이 대낮에 스며들었기 때문이다.

이제 그 시커먼 삿갓구름은 해를 가리고 그 밑에 넓게 분포했다. 그 먹구름은 움직이고 있었다.

홍당무도 그걸 알고 있었다.

그것은 서서히 미끄러져 나가 둥실둥실 떠다녔다. 곧 지나가고 해가 나타날 것이다.

삿갓구름이 단지 하늘을 뒤덮었을 뿐인데, 홍당무는 그것이 자신의 이마를 덮어 꽉 죄는 것 같았다.

홍당무는 눈을 감았다. 여전히 그 먹구름은 홍당무의 눈까풀을 잔뜩 덮어 눌렀다.

홍당무는 손으로 귀를 틀어막아 보기도 했다. 그러나 폭풍은 천둥 소리와 회오리 바람과 더불어 그의 몸 속으로 파고들었다.

폭풍은 그의 심장을 길거리에 굴러가는 종이 조각을 줍듯 꽉 잡더니 마구 구기고 둥글게 말아 조그맣게 뭉쳐 버렸다.

홍당무는 자신의 심장이 콩알만하게 작아진 것처럼 느껴졌다.

홍당무

반항

1

르픽 부인 막내야, 방앗간에 가서 버터 한 덩어리만 사다 주지 않겠니? 빨리 갔다 오너라. 네가 올 때까지 식사하지 않고 기다리마.

홍당무 싫어요.

르픽 부인 싫다고? 자, 그러지 말고 기다려 줄 테니 갔다 와.

홍당무 싫어요, 엄마. 방앗간 안 갈래요.

르픽 부인 아니, 왜 그러는 거니? 방앗간에 안 가겠다니? 누가 시킨 일인데 감히……. 너 지금 잠꼬대를 하는 거니?

홍당무 아니요!

르픽 부인 엄마는 네가 왜 그러는지 통 영문을 모르겠구나. 방앗간에 가서 버터를 사 오라는 거야!

홍당무 알아요. 그렇지만 전 못 가겠어요.

르픽 부인 지금 내가 꿈을 꾸고 있는 거니? 생전 처음으로 네가 엄마 말을 거역하는구나.

홍당무 맞아요, 엄마.

르픽 부인 그래, 너 엄마 말을 안 듣겠다는 거지?

홍당무 네.

르픽 부인 그래? 그럼 어디 한 번 볼까? 냉큼 방앗간에 갔다 오라니까!

홍당무 싫어요.

르픽 부인 입 다물고 어서 갔다 와!

홍당무 조용히 입 다물고 있을게요. 그렇지만 전 절대로 안 가겠어요.

르픽 부인 이 접시를 가지고 어서 갔다 와!

2

홍당무는 입을 다물고 꼼짝도 안 했다.

"이건…… 혁명이구나!"

르픽 부인은 계단 위에서 두 팔을 벌리고 큰 소리로 말했다.

사실이다. 홍당무가 엄마에게 감히 싫다고 거역한 것은 이번이 처음이었다.

홍당무가 한참 놀고 있던 중에 방해한 것이라면 또 모른다. 하지만 홍당무는 땅바닥에 앉아 엄지손가락을 빙빙 돌리며, 멍하니 하늘을 쳐다보며 심심해하고 있던 참이었다. 바람이 부는 것을 느끼려는 듯이 눈도 지그시 감고 있었다.

그런데 지금, 홍당무는 머리를 번쩍 들고 르픽 부인의 얼굴을 말끄러미 쳐다보았다. 부인은 도움을 청하기 위해 식구들을 불렀다.

"에르네스틴, 펠릭스. 신기한 일도 다 있구나! 아빠를 모시고 어서 나와 봐. 아가트, 너도! 아무나 어서 와서 보라고."

심지어는 지나가던 사람들도 발길을 멈추었다.

홍당무는 정원 한복판에 적당히 거리를 두고 앉아 있었다. 홍당무는 눈앞에 닥친 위험 앞에서 이렇게까지 태연한 자신이 스스로도 놀라웠다. 그보다도 르픽 부인이 자신을 때리는 걸 잊고 있다는 사실에 더욱 놀랐다. 르픽 부인도 처음 당해 본 일이라 어찌할 바를 몰랐던 것이다.

그녀는 평상시와 같은, 날카롭고 불타는 듯한 눈초리로 걸핏하면 위협하던 그 몸짓도 지금은 단념할 수밖에 없었다. 그러나 아무리 참으려고 노력을 해도 화가 치밀어올라 입술이 저절로 벌어졌다. 노기등등한 목소리로 말했다.

"내 말 좀 들어 봐요. 난 홍당무에게 잠깐 심부름을 좀 해 달라고, 산책하면서 방앗간까지 갔다 오라고 다정하게 부탁을 했어요. 그런데 이녀석이 뭐라고 대답한 줄 알아요? 홍당무에게 직접 물어 봐요. 아니면 내가 꾸며 낸 소린 줄 알 테니까요."

모두들 짐작할 수 있었다. 홍당무의 태도를 보니 물어 볼 필요조차 없었다.

착한 에르네스틴 누나가 곁으로 다가와서 귀에다 대고 조용히 타일렀다.

"너 괜히 혼나지 말고, 어서 '네.' 하고 대답해. 널 사랑하는 누나의 말을 들어."

펠릭스 형은 큰 구경거리를 보는 듯했다. 그는 무슨 일이 있더라도 이 자리에서 꼼짝 않고 계속 보고만 있을 것이다. 홍당무가 지금 심부름을 안 하겠다고 버티면, 심부름의 일부가 자기 몫으로 돌아올 것이라는 것은 미처 생각도 못 하고 있었다. 그는 그런 문제에는 아랑곳하지 않고 지금은 오히려 홍당무를 성원해 주고 싶었다. 어제까지만 해도 홍당무를 깔보고 바보로 취급했는데, 오늘은 동생을 자기와 동등한 존재로 여기지 않을 수 없었다. 대단해 보이기까지 했다. 펠릭스 형은 아주 재미있는 구경을 하는 것처럼 발을 구르며 앞으로 일어날 일의 결과를 기다렸다.

"세상이 뒤집혔지, 말세(末世)야."

당황한 르픽 부인이 기가 죽어서 말했다.

"난 이젠 모르겠어요. 난 물러날 테니, 누가 좀 나서서 타일러 봐요. 저 사나운 짐승을 길들여 보란 말이에요. 난 갈 테니 부자(父子)끼리 잘 해결하도록 해요."

"아빠."

홍당무가 말문을 열었다. 서러움에 북받쳐서 숨이 막힐 듯한 목소리로 흥분해서 말했다. 처음 있는 일이다 보니 자연 그럴 수밖에 없었다.

"만일 아빠가 방앗간에 가서 버터를 사 가지고 오라고 하면, 전 아빠를 위해서, 아빠만을 위해서는 갈 거예요. 그렇지만 엄마를 위해서 가는 건 싫어요."

홍당무가 자기 편을 들어주는 게 르픽 씨로서는 기분이 좋다기보다는 난감했다. 버터 한 덩어리를 사 오는 문제 때문에 구경꾼들의 기대에 부흥해 자신의 권위를 행사하는 것이 난처했다.

결국 그는 좀 어색한 모양으로 풀밭을 주춤주춤 몇 걸음 걷더니 어깨를 한 번 들썩하고는 휙 돌아서 집으로 들어가 버렸다.

이 사건은 일단 이렇게 끝났다.

마지막 말

저녁 식사 때 르픽 부인이 보이지 않았다. 그 일로 앓아 누운 것이다.

아무도 입을 열지 않았다. 평소에도 그랬지만 오늘따라 분위기가 더 거북했기 때문이다.

르픽 씨는 식사를 끝내고 냅킨을 풀어 식탁 위에 놓으며 이렇게 말했다.

"누가 나하고 같이 산책 가겠니? 양 우리가 있는 곳까지."

홍당무는 르픽 씨가 자기를 데리고 가려고 일부러 그런다는 것을 알아차리고 잽싸게 일어섰다.

홍당무는 늘 하던 대로 의자를 벽 쪽으로 옮겨 놓고 가만히 아빠의 뒤를 쫓아 나갔다.

처음에 두 사람은 말없이 묵묵히 걸었다. 피할 수 없는 질문은 좀처럼 당장에 나오지는 않았다. 홍당무는 속으로 어떤 질문이 떨어질지 예상하고, 또 어떻게 답변할 것인지 연습해 보고 있었다. 홍당무는 만반의 준비를 끝냈다. 마음이 불편했지만 이제는 후회도 없었다. 오늘 낮의 일로 충격이 너무 컸으므로 더 큰 충격을 받을 염려는 없는 것이다.

르픽 씨는 결심을 한 듯 말문을 열었다. 그 목소리가 홍당무를 적이 안심시켰다.

르픽 씨 뭘 기다리고 있니, 얘? 아까 낮에 있었던 네 행동에 대해서 어떻게 된 건지 설명을 해 봐. 네 엄마가 아주 노여워하더구나.

홍당무 아빠, 전 정말 오랫동안 망설였어요. 하지만 이제는 털어놓고 얘기할게요. 전 이제 엄마를 사랑하지 않아요.

르픽 씨 흠, 무엇 때문에? 언제부터?

홍당무 하나부터 열까지 모두 싫어요. 엄마를 알게 된 그 때부터요.

르픽 씨 나, 원! 그건 참 불행한 일이구나. 엄마가 너에게 어떻게 했는지 말해 보렴.

홍당무 얘기를 시작하면 길어져요. 그런데 아빠는 조금도 눈치채지 못했어요?

르픽 씨 그래, 종종 네가 시무룩해져 있는 걸 보긴 했지.

홍당무 그런 말을 들으니 화가 나요. 사람들은 자기들 마음대로 저에 대해서 생각해요. 홍당무는 원래 마음에 쌓아 놓지도 앙심을 품고 있지도 못하는 성격이야. 가끔 시무룩해져 있기는 하지만 그냥 내버려 두면 곧 괜찮아져. 혼자 그러다가 다시 명랑해져서 구석에서 기어 나올 거야. 특히 그 녀석한테 관심을 보여서는 안 돼. 대수롭지 않은 일일 테니까.
아빠, 아빠나 엄마, 그리고 다른 사람들에게는 대수롭지 않을지도 몰라요. 물론, 겉으로만 시무룩한 척할 때도 있어요. 하지만 때로는 정말 가슴 속에서 화가 날 때도 있단 말이에요. 제가 받은 모욕을 도저히 잊을 수가 없어요.

르픽 씨 그런 건 잊어야지! 그런 조롱 따위는 잊어야 한다.

홍당무 아뇨. 그럴 수 없어요. 아빠는 집에 잘 안 계시잖아요.

르픽 씨 그거야 일 때문에 여행할 일이 생기니까 그렇지.

홍당무 (그거 보라는 듯이) 바로 그거예요. 아빠가 사업에 신경 쓰느라 정신 없으실 때 엄마는, 이제야 하는 말이지만, 집에서 화풀이하려면 나밖에는 때릴 사람이 없거든요. 그게 아빠 책임이라고 말하려는 건 아녜요. 물론 그 때마다 제가 아빠에게 말했다면 아빠가 저를 감싸 주셨겠죠. 아빠가 말해 보라고 하셨으니까, 옛날 일들을 말할게요. 제가 과장을 해서 말하는지, 또 제가 얼마나 많이 기억하고 있는지 알게 되실 거예요.

말이 나와서 하는 말인데요, 아빠한테 의논할 일이 있어요. 저는 엄마하고 떨어져 살았으면 좋겠어요. 아빠, 제일 좋은 방법이 뭘까요?

르픽 씨 지금도 일 년에 두 달씩 기껏 방학 때만 엄마를 보는 걸 가지고 그러니.

홍당무 방학 때도 기숙사에서 보내도록 해 줘요. 그러면 공부도 더 할 수 있고요.

르픽 씨 그건 가난한 학생들에게만 주는 혜택이잖니. 네가 방학 때도 기숙사에서 지내면 사람들은 아빠를 흉볼 거다. 내가 널 돌보지 않는다고 말이야. 그리고 자기 생각만 하면 안 된다. 그렇게 되면 아빠도 너하고 같이 지낼 기회가 없어지잖니.

홍당무 아빠가 저를 보러 오시면 되잖아요.

르픽 씨 그런 식의 여행은 돈이 많이 든단다.

홍당무 사업상 지나는 길에 방문하시면 되잖아요.

르픽 씨 안 된다. 아빠는 이제껏 널 네 형과 누나와 똑같이 대해 왔어. 어느 한 사람만 특별 대우를 하거나 보호하지 않았다. 그건 앞으로도 마찬가지다.

홍당무 그럼 공부를 그만둘게요. 돈이 너무 많이 든다는 핑계를 대고 기숙사에서 나오게 해 주세요. 그럼 전 취직을 하겠어요.

르픽 씨 어떤 일을 할 생각이냐? 지금 아빠더러 널 구둣방 직원으로라도 보내란 말이냐?

홍당무 구둣방이라도 좋고 아무 데라도 좋아요. 제 벌이를 제가 하면 저도 자유로워질 거예요.

르픽 씨 이미 늦었다, 홍당무야. 구두 밑창에 못이나 박으라고 아빠가 많은 희생을 해 가며 널 공부시킨 줄 아니?

홍당무 그렇지만 아빠, 제가 자살을 하려고 한 적도 있다면요?

르픽 씨 이녀석아, 말이 지나치구나!

홍당무 정말이에요. 어제도 자살하려고 했어요.

르픽 씨 그렇지만 지금 넌 여기 이렇게 멀쩡히 살아 있지 않니. 죽을 생각이 별로 없었던 게지. 자살하려던 이야기를 그렇게 당당하게 얘기하다니. 죽으려고 한 사람이 너뿐인 줄 아니? 홍당무야, 그런 이기심이 널 망치는 거란다. 넌 네 생각만 하는구나. 이 세상에 너 혼자만 있는 줄 아는구나.

홍당무 하지만 아빠, 펠릭스 형과 에르네스틴 누나는 행복해요. 엄마도 그렇고요. 아빠 말씀처럼 엄마가 재미 삼아 저를 못살게 구는 게 아니라면 제 손에 장을 지지겠어요. 아빠는 우리 집안을 다스리고, 식구들 모두가 심지어는 엄마까지도 아빠를 두려워하고 있어요. 엄마도 아빠의 행복에 대해서는 간섭하지 못하잖아요. 이건 다시 말하면 세상에는 행복한 사람들도 있다는 증거잖아요.

르픽 씨 세상이라고! 넌 하나만 알고 둘은 모르는 조그만 세상을 말하는 거란다. 다른 사람의 속마음을 그렇게 확신하니? 그래, 네가 벌써 세상을 다 안다고 생각하는 거니?

홍당무 제 자신의 일에 대해서는 그렇다고 말할 수 있어요. 적어도 알려고 노력은 하거든요.

르픽 씨 그렇다면 홍당무야, 행복은 단념해라. 미리 말해 두지만, 지금 네가 원하는 대로 살더라도 지금보다 결코 더 행복해지지는 않을 테니까. 절대로!

홍당무 그렇게 될 거라고 확신하시는 건가요?

르픽 씨 무슨 일이든 꾹 참고, 너를 단단히 무장하거라. 어른이 되고 네가 네 뜻대로 할 수 있는 나이가 되면, 자유로운 몸이 되고 부모 형제들과 인연을 끊을 수도 있단 말이야. 성격이나 기질은 바꿀 수 없다고 할지라도 가족은 바꿀 수도 있거든. 새 가정을 꾸리면 되니까 말이야. 그 때까지는 참고 당당해지도록 노력해라. 신경을 곤두세우지 말고 가만히 다른 사람들을 관찰해 보란 말이야. 너와 가장 가까이 사는 사람들까지도 유심히 살펴봐라. 아마 퍽 재미있을 거다. 그러면 분명 너에게 위로가 될 만한 일들을 발견하게 될 거야. 그건 아빠가 장담한단다.

홍당무 사람들은 각자 나름대로의 고통이 있겠죠. 하지만 전 그들을 나중에 동정할래요. 오늘은 제 자신을 위해 정의를 부르짖고 싶어요. 제 삶보다 더 안 좋은 삶을 살고 있는 사람이 있을까요? 저에게는 엄마가 한 명 있지만, 제 엄마는 절 사랑하지 않아요. 그리고 저도 엄마를 사랑하지 않죠.

"그럼, 너는 아빠가 엄마를 사랑하는 줄 아니?"
르픽 씨는 참다 못해 이렇게 내뱉듯이 말했다.
이 말을 듣자마자 홍당무는 눈을 들어 아버지를 쳐다봤다. 그는 아빠의 무뚝뚝한 얼굴을 유심히 바라봤다.
텁수룩한 수염, 지금 내뱉은 말이 부끄러운 듯이 아빠의 입이 그 수염 속에 숨어 버렸다. 주름진 이마, 눈초리의 가는 주름, 그리고 늘어진 눈꺼풀이 마치 걸어가면서 졸고 있는 듯한 인상을 풍겼다.
잠시 동안 홍당무는 입이 떨어지지 않았다.
가슴 속에 퍼지는 비밀스런 기쁨과 꼭 붙들고 있는 아빠의 손, 이것들이 한꺼번에 날아갈까 봐 두려웠다.
홍당무는 한 손으로 주먹을 불끈 쥐더니, 어둠 속에 잠든 마을 쪽으로 주먹질을 하며, 이렇게 버럭 소리를 질렀다.
"마귀할멈, 심술쟁이! 이런 줄은 몰랐겠죠. 고소하다. 난 당신이 정말 싫어!"
"이녀석아, 그만하지 못해! 그래도 네 엄마야."
르픽 씨가 말했다.
"네, 엄마에게 그런 말 하면 안 되죠."

홍당무는 다시 단순하고 조심스러운 아이로 돌아가 이렇게 대답했다.

홍당무 사진첩

1

르픽 씨네의 사진첩을 들춰 보게 되면 누구라도 반드시 놀랄 것이다.

에르네스틴 누나와 펠릭스 형 사진은 수없이 많았다. 서 있거나 앉아 있는 모습, 잘 차려 입은 모습, 혹은 반쯤 벗은 모습이나, 행복해 보이는 모습, 혹은 찌푸린 얼굴……. 그리고 모두 근사한 배경에서 찍은 것이었다.

"홍당무 사진은요?"

"홍당무도 어렸을 땐 사진이 많았지요. 하지만 그 애가 어찌나 귀여운지 누가 다 가져갔어요. 그래서 한 장도 남아 있지 않아요."

르픽 부인의 대답이었다.

사실, 한 번도 홍당무 사진을 찍어 주지 않았다.

2

그는 늘 홍당무라고 불려서 가족들도 그의 본명을 부르려면 얼른 생각이 안 날 정도였다.

"어째서 홍당무라고 부르지요? 머리카락이 붉어서요?"

"아유, 그 애의 성격은 더 불그스름하답니다."

3

그 밖의 특징들.

홍당무의 얼굴은 절대로 남의 호감을 살 수 없다.

홍당무의 코는 움푹 꺼진 땅강아지 집 같다.

홍당무의 귀는 아무리 깨끗하게 파 주어도 늘 빵부스러기 같은 귀지가 있다.

홍당무의 혀에는 하얗게 설태가 끼어 있다.

홍당무는 라이터를 가지고 놀기도 하며, 어찌나 거북스레 걷는지 곱사등이가 걷는 것 같다.

홍당무의 목에는 마치 목걸이를 한 것처럼 때가 시꺼멓게 끼어 있다.

마지막으로 홍당무의 몸에서는 이상한 냄새가 난다. 그건 결코 향기로운 냄새가 아니다.

4

홍당무는 식구들 중 제일 먼저 일어난다. 하녀하고 같이 일어난다.

겨울에는 해가 뜨기도 전에 자리를 박차고 일어나서 손끝으로, 손가락 끝으로 시계 바늘을 더듬어서 시간을 본다.

그리고 커피와 초콜릿이 준비되면, 무엇이든지 손가락으로 집어 먹는다.

5

누군가에게 소개를 시키면, 홍당무는 고개를 뒤로 돌리고 손을 앞으로 내민다. 그리고 다리를 꼬아 몸을 비비틀고 지루하다는 듯이 벽을 긁어 댄다.

"너는 나한테 키스도 안 해 주니?"

누가 이렇게 물으면 홍당무는 이렇게 대답했다.

"뭐, 그럴 것까지는 없을 것 같아요!"

6

르픽 부인 얘, 누가 물어 보면 대답 좀 해라.

홍당무 (우물우물거리며) 네…….

르픽 부인 엄마가 음식을 입 안에 가득 넣은 채로 말하면 안 된다고 말한 것 같은데.

7

홍당무는 항상 주머니에 손을 넣고 다닌다. 르픽 부인이 옆에 다가오는 게 보이면 손을 재빨리 빼는데, 대부분은 너무 늦게 뺀다. 어느 날은 르픽 부인이 홍당무의 손을 주머니에 넣은 채로 주머니를 꿰매 버렸다.

8

"어떤 경우에라도, 누가 너에게 어떤 나쁜 행동을 하더라도 거짓말을 하는 건 잘못이란다. 그건 예의에 어긋나는 행동이고 소용 없는 짓이란다. 언젠가는 다 밝혀지는 법이거든."

대부 아저씨가 홍당무에게 친절하게 말해 준다.

"그렇기는 하지만요, 대신 시간을 벌 수 있잖아요."

홍당무가 대답했다.

9

게으름뱅이 펠릭스 형이 겨우 학교를 졸업했다.

그는 기지개를 펴고 다행이라는 듯이 한숨을 내쉰다.

"네가 관심 있는 게 뭐냐? 이제 네 인생을 결정해야 할 나이다. 앞으로 무엇을 할 작정이냐?"

르픽 씨가 물었다.

"네? 또 뭘 해야 돼요?"

펠릭스 형이 대답했다.

10

아이들이 모여서 장난을 치며 놀고 있다.

베르트라는 소녀가 관심의 대상이다.

"베르트 양의 아름다운 눈······."

홍당무가 한 마디 하자, 모두가 와 하고 감탄한다.

"야, 근사한걸! 진짜 시인 같아!"

"난 그 애 눈을 보지도 않았는데. 평소에 말하던 대로 말한 거야. 그리고 그건 관용어일 뿐이야. 미사여구일 뿐이라고."

11

눈싸움을 할 때 홍당무는 혼자서 싸워도 상대편을 이긴다. 그는 공격적이고, 그 명성은 멀리까지 퍼져 있었다. 눈 속에 돌멩이를 집어 넣고 던지기 때문이다.

그리고 홍당무는 꼭 아이들의 머리를 겨누고 던진다. 그러니 금세 결판이 난다.

얼음이 얼어 다른 아이들이 얼음지치기를 할 때도 홍당무는 따로 빙판 옆의 풀밭에다 작은 빙판을 만든다.

말타기놀이를 할 때는 항상 말이 되겠다고 한다.

술래잡기놀이에서는, 자유 같은 건 상관없다는 듯이 술래에게 잡혀 준다.

하지만 숨바꼭질을 할 때는 어찌나 잘 숨어 버리는지 모두 홍당무를 찾는 걸 잊어버리고 말 정도이다.

12

세 남매가 키를 재고 있다.

한눈에 봐도 펠릭스 형이 다른 아이들보다 머리 하나는 더 크다는 걸 알 수 있었다. 그러나 홍당무하고 에르네스틴 누나는 — 누나라도 뭐 여자니까 — 나란히 서서 키를 재야 했다. 에르네스틴 누나는 발끝으로 버티고 서는 판인데, 홍당무는 누나의 기분을 상하지 않기 위해서 엉뚱한 짓을 한다. 약간 허리를 굽힌 것이다. 누나와 키 차이가 조금이라도 더 나게 하기 위해서였다.

13

홍당무는 가정부 아가트에게 이렇게 충고한다.

"엄마의 눈에 들려면, 내 흉을 보면 돼."

하지만 그것도 한계가 있기 마련이다.

르픽 부인은 자기 이외의 사람이 홍당무를 건드리는 걸 절대 참지 못한다.

이웃 사람이 어쩌다가 홍당무를 혼내려고 하면, 부인이 달려와서 화를 내곤 한다. 홍당무는 그게 고마워서 얼굴이 환해진다. 그러면 르픽 부인이 말한다.

"이녀석, 이제는 엄마 차례다!"

14

"알뜰살뜰히 귀여워해 준다! 그게 무슨 말이야?"

홍당무는 어린 피에르에게 물어 본다. 피에르는 엄마가 몹시 귀여워하는 아이다.

설명을 거의 다 듣고 나서 홍당무는 퉁명스럽게 말했다.

"흥, 나는 그보다는 접시에 놓인 감자 튀김을 맘껏 집어 먹어 봤으면 좋겠다. 그리고 씨가 붙어 있는 복숭아를 반쪽이라도 먹어 봤으면 좋겠어."

홍당무는 속으로 이렇게 생각한다.

'만일 엄마가 내가 예뻐서 깨물고 싶을 정도라면, 아마 코부터 물어 당길걸.'

15

 때때로 에르네스틴 누나와 펠릭스 형은 장난감을 가지고 놀다가 싫증이 나면, 자기들 장난감을 선선히 홍당무에게 빌려 주기도 했다. 그러면 홍당무는 누나와 형의 행복을 조금씩 받아다가 소박한 자기의 행복을 꾸민다.

 그렇지만 너무 재미있게 놀아서는 안 된다. 왜냐하면 장난감을 도로 달라고 할지도 모르기 때문이다.

16

홍당무 내 귀가 너무 길어 보이지 않니?
마틸드 좀 괴상해. 그 귀 좀 빌려 줄래? 거기다 모래를 넣어 가지고 과자 반죽을 만들고 싶어.
홍당무 먼저 엄마가 귀를 잡아당겨서 귀가 뜨거워지면 과자 반죽이 잘 익을 거야.

17

"그만하지 못하겠니! 그만 얘기해! 그럼, 넌 나보다 아빠가 더 좋단 말이지?"

르픽 부인은 가끔 이렇게 물을 때가 있다.

'있는 그대로예요. 할 말도 없고요. 절대로 누굴 누구보다 더 사랑한다고 생각하지는 않아요.'

홍당무는 속으로만 대답했다.

18

르픽 부인 뭘 하고 있니, 홍당무야?

홍당무 몰라요.

르픽 부인 또 바보 같은 짓을 하고 있다는 말로 들리는구나. 너는 일부러 그런 짓을 하는 거지?

홍당무 아니에요.

19

홍당무는 엄마가 자기를 보고 웃는 줄 알고 저도 웃어 보였다. 하지만 르픽 부인은 그저 혼자 웃고 있던 중이었다. 그러다가 갑자기 부인의 얼굴은 어두워지더니 눈은 가막까치밥나무 열매처럼 돌변한다.

어리둥절해진 홍당무는 쥐구멍에라도 숨고 싶어졌다.

20

"홍당무야, 소리내지 않고 좀 의젓하게 웃어 보렴."
르픽 부인이 말했다.
"울 때는 왜 우는지 알아야 하지 않겠니?"
또 이렇게 말할 때도 있었다.
"난 어떻게 하면 좋을까! 이제 그녀석은 뺨을 때려도 눈물 한 방울 안 흘려요."

21

또 이렇게도 말한다.

"어디 더러운 것이라도 있거나 길에 쇠똥이라도 떨어져 있으면, 이 애는 꼭 옷에 그것을 묻혀 와요."

"머릿속에 무슨 생각이라도 하고 있을 때는 다른 건 하지도 못해요."

"어찌나 자존심이 강한지 다른 사람의 관심을 끌기 위해서는 자살이라도 할 거예요."

22

아닌게아니라 홍당무는 자살을 시도한 적이 있었다. 차가운 물을 한 통 떠놓고 용감하게 그 속에 코와 입을 잠그고 있었다. 그때, 누군가가 홍당무의 머리를 내리쳤다. 물통의 물이 홍당무의 신발 위로 쏟아지는 바람에 홍당무는 목숨을 건졌다.

23

때때로 르픽 부인은 홍당무에 대해서 이렇게 말할 때도 있다.

"그녀석은 날 닮아서 착해요. 심술궂기보다는 좀 모자라는 편이죠. 빠릿빠릿하지 못해서 큰일을 저지르지도 못할 거예요."

때로는 이런 생각을 하면서 즐거워할 때도 있다.

"제대로 잘 자라기만 하면 나중에 큰일을 할 사람이에요."

24

홍당무는 이런 공상을 해 본다.

'만일 펠릭스 형처럼 누가 나에게 명절 선물로 목마를 사 준다면…… 난 그 위에 훌쩍 올라타고 하늘 높이 날아가 버릴 거야.'

25

홍당무는 밖에 나갈 때면 다른 일에는 관심이 없다는 걸 보여 주기 위해서 휘파람을 분다. 하지만 뒤쫓아오는 르픽 부인의 모습만 보이면 휘파람을 딱 멈춘다.

마치 엄마가 피리를 빼앗아 부수기라도 할 것처럼 말이다.

그것도 그렇지만, 딸꾹질을 하다가도 엄마만 나타나면 그친다는 것은 신기한 사실이다.

26

그는 아버지와 엄마 사이에서 매개자 역할을 한다. 르픽 씨가 말한다.

"홍당무야, 이 셔츠에 단추가 하나 없구나."

홍당무는 그 내의를 르픽 부인에게 갖다 준다. 그러면 르픽 부인은 이렇게 말한다.

"멍청한 놈, 내가 네 명령대로 일을 하니?"

그러면서도 부인은 반짇고리를 꺼내 단추를 단다.

27

르픽 부인이 고래고래 소리를 지른다.

"만약 네 아빠라도 없었다면, 아마 오래 전에 난 너에게 봉변을 당했을 거다. 너는 이 칼로 내 가슴을 찌르고 밀짚 위에 나를 버렸을 거란 말이다!"

28

"코를 풀어라."

르픽 부인이 쉬지 않고 말한다.

홍당무는 늘 옷자락에 코를 푼다. 자칫 잘못 풀면 대충 해결한다.

르픽 부인은 홍당무가 감기라도 걸리면 연고를 발라 준다. 어찌나 많이 발라 주는지 에르네스틴 누나와 펠릭스 형이 셈을 낼 정도로 발라 준다.

르픽 부인은 이렇게 말해 주기까지 한다.

"이건 좋은 약이란다. 머릿속이 시원해지거든."

29

르픽 씨가 아침부터 홍당무를 놀리는 바람에 홍당무는 입에서 엄청난 말을 내뱉고 말았다.

"귀찮아요, 가만히 좀 내버려 두세요! 바보 같으니라고!"

순식간에 주변의 공기가 얼어붙을 정도로 싸늘해졌고, 두 눈에 불덩어리가 타오르는 것 같았다.

홍당무는 쭈뼛쭈뼛 서서 웅얼거리며, 무슨 소리만 들리면 쥐구멍으로 뛰어들어갈 준비를 했다.

그러나 르픽 씨는 그저 물끄러미, 아주 오랫동안 쳐다보기만 할 뿐, 아무 말도 하지 못한다.

30

에르네스틴 누나가 곧 결혼을 한다. 그래서 르픽 부인은 누나에게 약혼자하고 산책하는 걸 허락한다. 단, 홍당무의 감시하에.

"넌 먼저 앞장서 가, 뛰어가!"

누나가 말했다.

홍당무는 앞장서서 걸었고, 개처럼 빨리 달렸다.

그러다가 뭔가가 생각난 듯 속도를 늦추면, 몰래 주고받는 키스

소리가 들린다.

"아아, 흠흠!"

홍당무는 자신이 있다는 걸 알린다.

그는 신경이 예민해진다. 마을 십자가 상 앞에서 모자를 벗어 땅에다 내던지고, 발로 애꿎은 모자를 짓밟으면서 외쳤다.

"아무도 날 사랑해 주지 않아!"

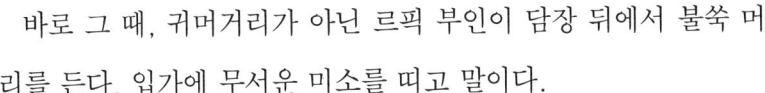

홍당무

바로 그 때, 귀머거리가 아닌 르픽 부인이 담장 뒤에서 불쑥 머리를 든다. 입가에 무서운 미소를 띠고 말이다.

그러자 홍당무는 당황해서 이렇게 한 마디 덧붙였다.

"엄마를 제외하고 말이에요."

독후감 길라잡이

1 내용 훑어보기

붉은 머리카락에 주근깨투성이며 애교라고는 전혀 찾아볼 수 없는 르픽씨 네 둘째 아들은 '홍당무'라는 별명으로 불리고, 심술궂고 신경질적인 엄마로부터 의붓아들 취급을 받습니다.

어느 날 밤, 엄마는 홍당무에게 닭장 문을 닫고 오라는 명령을 합니다. 펠릭스 형과 에르네스틴 누나가 가기 싫어하기 때문에 홍당무에게 그 명령이 떨어진 것이죠. 홍당무가 두려운 것을 참고 닭장 문을 닫고 들어오자, 엄마는 싸늘한 목소리로 "홍당무야, 이제부터 매일 저녁 네가 닭장 문을 닫아라." 하고 말합니다.

그 밖에도 르픽 부인은 홍당무가 오줌을 싼 이불을 세탁한 물로 수프를 만들어 홍당무에게 먹이고, 자는 홍당무를 꼬집고, 사냥감을 죽이는 일을 홍당무에게 시킵니다.

홍당무는 이런 식으로 매일 가족들에게 소외당합니다. 그러면서 온순한 홍당무도 점점 가족이 싫어지고, 어머니에 대해서는 반항적이 됩니다. 형과 누나도 엄마처럼 홍당무를 못살게 굴고, 말이 없고 집안일에 무관심한 아버지는 홍당무의 괴로움을 전혀 알지 못합니다.

홍당무는 점차 염세적인 경향을 보이고, 가출을 꾀하기도 하고, 또 자살을 생각하기도 합니다.

이런 일들을 참다 못해 홍당무는 아빠에게 이렇게 하소연합니다.

"저에게는 엄마가 한 명 있지만, 제 엄마는 절 사랑하지 않아요. 그리고 저도 엄마를 사랑하지 않죠."

아들의 하소연에 대해 아버지는 이렇게 대답하죠.

"그럼, 너는 아빠가 엄마를 사랑하는 줄 아니?"

그 말을 듣고 홍당무는 다시금 르픽 가(家)의 온순한 아들이 됩니다.

이런 가운데 홍당무를 위해 주는 단 한 사람, 바로 대부가 있습니다. 홍당무는 대부의 집에 가서 자고 오기도 하고, 그와 낚시도 하고 지렁이도 잡고 얘기도 나눕니다.

가족에게 사랑받지 못하고, 온갖 궂은일을 다 하고, 놀림을 받고, 오해를 받아도 잠자코만 있던 홍당무도 마지막에는 조금씩 변해 갑니다. 엄마에 대항해 반항하며 자신의 목소리를 내기 시작합니다.

2 작품 분석하기

쥘 르나르는 "자기 체험이 없으면 글을 쓸 수 없다."고 말했습니다. 《홍당무》는 작가 쥘 르나르가 자신의 유년 시절 기억을 소재로 하여 쓴 작품입니다. 49편의 단편을 에피소드 형식으로 구성하여 각 에피소드마다 사춘기 소년 홍당무가 가족 내에서 겪는 불안과 심경과 고민을 그려 내고 있습니다.

《홍당무》는 머리카락이 홍당무처럼 붉다고 해서 붙여진 주인공의 별명이며, 그 소년의 성장 과정을 그린 소설입니다. 하지만 성장 소설임에도 불구하고 기존의 성장 소설과는 다르게 내용이 전개됩니다.

예를 들면 기존의 성장 소설이 주로 마음 속으로 꿈꿔 왔던 것을 실제 모험과 도전을 통해 꿈을 찾고 육체적·정신적 성숙의 과정을 보여 주는 반면에, 이 소설은 가족에게 소외당하는 아이가 주인공으로 등장하여 자신의 정신적 고통과 소외감에 대해서 말하고 있다는 점이 특이하다고 할 수 있습니다.

집안에서 구박과 괄시를 받고 허드렛일만 도맡아 하는 홍당무의 모습과 그로 인해 그가 잔인하고 짓궂게 변해 가는 모습, 또 정신적 고통과 방황을 통해 홍당무가 성장해 가는 과정을 에피소드 중심으로 구성해 나가고 있으며, 홍당무가 처한 상황 속에서 그가 느끼는 감정을 솔직하게 표현해 내고 있습니다.

홍당무는 점차 냉소적으로 변하고 가족과 현실에서 소외감을 느끼지만, 결코 엇나가거나 절망의 늪으로 빠져들지는 않습니다. 그는 자신에게 주어진 삶의 고통을 극복해 나가며 또 자신의 의지로 정신적 고통과 어려움을 이겨 내며 성장해 나가죠.

쥘 르나르는 자신의 유년 시절의 기억을 작품 속에 투영시키며, 주인공 홍당무에게 가장 소중하고 필요했던 것이 아버지와의 대화와 공감이었음을 역설합니다. 이는 당시 프랑스에서 사회 문제로 대두되었던 가족 간 의사 소통의 부재와 무관심을 홍당무 가족의 모습을 통해 비판한 것입니다.

③ 등장 인물 알기

홍당무　가족 간의 관계에 있어 소외감을 느끼고 어머니에게 차별 대우를 받는, 무관심 속에서의 애정 결핍을 느끼는 인물입니다. 그런 애정 결핍 속에서 자살도 생각하며, 잔인하고 짓궂은 행동도 하지만 결국 아버지와의 대화를 통해 고통을 이겨내고 정신적 성숙 과정을 겪는 인물입니다.

르픽 씨　주인공 홍당무의 아버지로서 말이 없고 감정 표현을 안 하며 무뚝뚝한 인물입니다. 홍당무가 어떤 심적 고통을 겪고 있는지 전혀 눈치채지 못하지만, 홍당무에게 대화를 통해 공감을 얻게 하고 힘이 되어 줍니다.

르픽 부인　매우 신경질적이며 홍당무의 친엄마가 맞는지 의심이 들 정도로 홍당무에게 애정이 없습니다. 형과 누나와는 달리 홍당무에게만 차별 대우를 하며 홍당무를 고통스럽게 하는 인물입니다.

펠릭스 형   홍당무의 친형으로 홍당무와는 달리 엄마의 관심을 받으며 어려움이 뭔지 모르고 성장합니다. 또한 홍당무를 괴롭히고 골탕먹이는 매우 약삭빠른 인물입니다.

에르네스틴 누나   착하고 배려심이 많은 인물이지만, 홍당무의 편이 되어 주지 않습니다.

대부   홍당무와 유일하게 대화가 통하는 인물로 홍당무를 잘 이해해 주며, 사랑해 주는 인물입니다.

4 작가 들여다보기

쥘 르나르는 프랑스의 소설가이자 극작가였습니다. 그는 현재까지 프랑스 문학사에서 가장 독특하고도 친숙한 작가로 기억되고 있습니다.

쥘 르나르는 1864년에 프랑스 중부 살롱에서 삼 남매 중 막내아들로 태어났습니다. 그는 소년 시절에 어머니의 사랑을 받지 못하여 어두운 나날을 보냈다고 전해집니다. 그런 유년 시절의 기억은 훗날의 명작, 바로《홍당무》의 중요한 소재가 되었답니다.

　대학 자격 입학 시험 2차까지 합격하지만 대학 진학을 포기하고 파리에 거주하면서 파리의 문학 카페에 출입하며, 글쓰기에 전념합니다.

　파리에서 상징파 시인들과 사귀었고, 1886년에 시집《장미》를 발표하였으며, 1891년에 쓴 소설《부평초》로 독특한 작가적 위치를 차지하였습니다.《홍당무》이후《포도밭의 포도 재배자》,《박물지(博物誌)》등의 명작을 잇달아 썼습니다.

　극작가로서도 비범하여《이별도 즐겁다》,《나날의 양식(糧食)》 등의 희곡과, 희곡화한《홍당무》(1900),《베르네(인명)》등의 작품을 남겼습니다.

　사후에 전집과 함께 발표된《일기》는 훌륭한 일기 문학으로서 높이 평가받고 있습니다. 이것은 1887년부터 만년에 이르기까지 24년에 걸쳐 쓴 것으로, 사람의 진실된 모습을 지켜보려는 진지한 작가의 생활이 적나라하게 묘사되어 있습니다.

　1904년에는 쉬트리의 시장이 되었고, 1907년에는 아카데미 콩쿠르 회원으로 선출되었습니다.

　1910년에 동맥 경화증이 심화되어 파리에서 46세를 일기로 생애를 마쳤습니다.

　주요, 저서로는《홍당무》,《포도밭의 포도 재배자》,《박물지》 등이 있습니다.

이제 연대표를 보면서 작가의 일대기를 살펴볼까요?

1864년   프랑스 중부 살롱 드 멘에서 막내아들로 태어남.
1875년~1881년   형 모리스와 느베르 기숙 학교에 다님.
1881년   바칼로레아(대학 입학 자격 시험) 1차 시험 실패, 다음 해 말 1차 시험에 합격.
1883년   바칼로레아 2차 시험까지 합격하지만 대학 진학을 포기함. 이 때부터 창작에 뜻을 두고 파리의 문학 카페에 출입함.
1885년   브르주 시의 군대에 자원 입대하여 일 년간 군생활을 함.
1886년   제대 후 가정 교사 등으로 일하며, 시집《장미》를 자비 출간.
1887년   첫 작품《쥐며느리》를 발표.《장미꽃》,《혈조》를 자비로 출판. 사후에 발표된《일기》를 이 무렵부터 쓰기 시작함.
1888년   마리 모르노와 결혼함. 신부가 가져온 지참금으로 소설집《마을의 범죄》를 자비로 출판.
1889년   문예 비평지《메르퀴르 드 프랑스》창간.
1894년   《포도밭의 포도 재배자》,《홍당무》를 출간하여 유명해짐. 문인 협회 입회.

1895년 단막극 《구혼》이 상연됨.

1897년 부친이 권총으로 자살함.

1898년 《이별의 기쁨》,《목가》출판.

1900년 《홍당무》를 각색하여 상연, 레종도뇌르 훈장 받음.

1904년   쉬트리의 시장으로 선출됨.

1906년 《시골에서의 일 주일》출간.

1907년 아카데미 콩쿠르 회원으로 선출됨.

1910년 5월 22일 파리에서 동맥 경화증으로 사망.

1925년 1887년부터 24년간 쓴 《일기》출간. 일기 문학의 선구자가 됨.

 시대와 연관짓기

《홍당무》는 어린 시절 누구나 한 번쯤 겪었을 소외감과 미묘한 가족 간의 관계를 신랄하게 풍자한 작품입니다. 섬뜩한 유머 속에 예리한 현실 비판을 담고 있어 성장 소설 속에서도 독특한 위치를 차지하며 오늘까지도 고전으로 손꼽히고 있습니다.

작가 쥘 르나르가 살았던 19세기 말 프랑스는 산업화로 인해 농촌 인구의 집단 이동, 즉 도시를 향해 많은 인구가 급격하게 이동하던 시기였답니다. 홍당무의 가족은 이런 사회 변화 속에서 점차 몰락해 가는 소자본가인 농촌 가족으로 살아가고 있었습니다.

르픽 집안의 생활 형태는 이렇게 당대의 시대 상황을 정확하게 반영하고 있죠. 사회 변화 속에서 점차 몰락해 가는 소자본가인 농촌 가족으로 살아가는 르픽 집안의 모습은 전체적으로 암울한 분위기를 드리우고 있으며 이는 홍당무의 가족 관계에 절대적인 영향을 끼치고 있습니다.

이것이 당시 19세기 말 프랑스 사회의 모습이었으며, 쥘 르나르는 이런 혼돈의 시기에 정치적으로 공화국을 열망했고 사회주의를 지지했습니다. 그는 당시 프랑스의 어렵고 고통스런 삶을 느끼고 현실 그대로의 상황을 작품 속에 담아 냈던 것입니다. 그래서 그는 과장된 표현보다는 짧고 간결한 문체로, 노골적 비판보다는 익살과 유머를 섞어 당시 사회를 살아갔던 평범한 시민들의 모습을 진실되게 표현했습니다.

6 작품 토론하기

1 작품은 그 작가의 의식과 사고의 투영물이라고 할 수 있습니다. 《홍당무》 역시도 작가의 성장 환경이 직접적인 이야기 소재가 되고 있는데, 작가 쥘 르나르는 자신의 어릴 적 기억의 반영인 이 작품을 통해 무엇을 말하려 했을지 알아봅시다.

아버지와 어머니, 누나와 형, 그리고 막내 홍당무로 구성된 르픽 씨네 가족은 작가의 실제 가족 구성원과 같습니다. 무슨 일이던 불평하기 좋아하고 쌀쌀맞게 대하는 르픽 부인처럼 쥘 르나르의 엄마는 작가에게 애정이 없었다고 전해지며, 사냥과 낚시를 즐기는 르픽 씨는 작가의 아버지의 모습이 반영된 인물입니다.

《홍당무》는 소설 창작의 근본이 작가의 성장 환경과 시대 환경에 영향을 받고 소설 내용 속에서 중요한 역할을 한다는 것을 잘 보여 주는 작품이며, 작가의 의식이 소설의 주제와 소재로서 역할을 하고 있는 것을 느낄 수 있는 작품입니다.

이 작품 속에서 어머니의 사랑을 받지 못하는 소년, 그 소년은 바로 작가 쥘 르나르의 어릴 적 모습이며 기억이라고 볼 수 있습니다. 홍당무의 억눌려 있던 감정은 작가가 어릴 적에 가족 속에서 어머니로부터 느꼈던 바로 그 감정이었습니다. 쥘 르나르가 살았던 시대에 점점 산업화되고 인간 관계, 특히 가족 관계가 붕괴되던 시대에 작가 자신이 본 가족의 모습과 문제를 솔직하게 표현하고 있는 것입니다.

이렇게 《홍당무》의 작가 르나르는 자신의 어릴 적 경험을 통해 그 당시 급속한 산업화 속에서 가족 구성원 간의 관계에 대해서 말하고 있습니다. 또 시대와 상황이 바뀌어도 언제나 중요한 것은 가족 간의 이해와 배려임을 깨닫게 하고 있습니다. 작품 속에서 홍당무와 어머니가 서로를 이해하고 화해해 가는 과정이야말로 작가가 원하고 꿈꾸던 진정한 가족의 모습인 것입니다.

> **2** 《홍당무》에서 주인공 홍당무는 그의 심경을 털어놓을 대상을 찾지 못합니다. 하지만 그렇게 암울하고 비극적 청소년기를 겪던 홍당무가 후반부부터 자신의 감정을 아버지와의 대화로 풀어 가고 공감해 나가는 과정을 볼 수 있습니다. 그렇다면 작품을 통해서 가족 간의 소통과 대화가 갖는 의미와 중요성에 대해서 생각해 봅시다.

홍당무의 엄마는 심술궂고 신경질적인 인물입니다. 심지어 친아들 홍당무를 의붓아들 취급하고, 다른 자식들과 홍당무를 차별함으로써 홍당무가 더 소외받고 반항적으로 변하게 만들게 되죠. 홍당무의 아버지는 집 안에 있는 시간이 적기 때문에 집 안 상황을 잘 모릅니다.

홍당무는 자신의 고통과 심경을 표현할 수 없는 상태에서 가출과 자살까지 생각하게 됩니다. 이런 홍당무가 아버지에게 솔직히 자신의 마음을 하소연한 후, 아버지도 자신처럼 어머니에 대해 비슷한 감정을 가지고 있다는 것을 알게 되죠.

이것은 가족 관계에서 솔직한 대화와 소통이 얼마나 중요한지 깨닫게 해 주는 역할을 합니다.

그렇게 억눌리고 소외받던 홍당무가 아버지와의 대화 후 어머니와 화해하고 서로를 이해하게 됩니다.

보통의 인간 관계도 그렇지만 가족 관계 역시 대화가 단절되고 소통이 마비된다면 행복하게 유지될 수 없습니다. 그렇게 막혀 있던 가족 간의 관계가 홍당무와 아버지의 대화를 통해 풀려 나가는 모습에서 아버지가 직장일로 바빠서 가정일에 신경을 못 쓴 것이라 할지라도 그것이 가족 간의 의사 소통의 단절을 가져 온다면 그건 돈을 잃고 명예를 잃은 것보다 더 큰 것을 잃은 것임을 알아야 합니다. 또 가족 간의 관계의 화목함은 서로 간의 노력과 배려 그리고 솔직한 대화와 소통으로 이루어진다는 것임을 작품을 통해서 이해할 수 있습니다.

7 독후감 예시하기

∥독후감 1∥ 가족간의 소외와 그 회복

홍당무는 내 주변의 많은 가족과 또 내 가족의 환경에 대해서 돌아볼 수 있게 해 준 작품이었다. 이 작품은 성장 소설로서 작가 자신이 어릴 적에 경험한 가족 구성원으로서의 소외감과 받지 못한 어머니의 사랑을 홍당무라는 인물에 반영시킨 소설이다.

작품 속의 홍당무는 자신의 고통을 이겨 내고 아버지와의 대화로 속마음을 터놓고 어려움을 극복하지만 그것이 정말 현실이라면 홍당무가 겪은 고통을 보통 사람이 이겨 낼 수 있었을까 하는 생각이 들기도 한다. 홍당무의 정신적 소외감의 극한의 상황을 보면서 작품의 시대적 배경은 19세기 말 프랑스이지만, 현재를 살아 가는 우리에게 있어서도 가족의 붕괴와 가족 구성원 간의 대화의 단절은 더욱더 큰 문제로 다가오는 것 같아 마음이 아프다.

홍당무의 아버지는 홍당무에게 유일하게 힘이 되어 줄 수 있는 존재였지만 홍당무에게 먼저 다가가지 못했고 고통을 덜어 주지도 못했다. 자신의 일이 바빴기 때문에 홍당무가 집 안에서 어떤 차별 대우를 받는지 알지 못했던 것이다.

우리 시대의 많은 사람들도 이렇게 가족 간임에도 불구하고 홍당무의 아버지처럼 돈을 벌기 위해서, 또는 무관심 때문에 내 자식, 내 아내, 내 아버지의 처지와 감정을 전혀 생각하지 못하며 살아가고 있다. 즉 가족 간의 대화와 의사 소통이 전혀 이루어지지 못하는 것이다.

홍당무를 보면서 부끄러웠던 것은 홍당무는 그렇게 어머니께 구박받고 다른 형제들이랑 차별까지 당하는 상황에서도 자신이 노력하고 최악의 상황에서 벗어나려고 노력했는데, 나는 부모님이 신경 써 주고 도와 주심에도 불구하고 내가 그분들을 이해하지 못하고 오히려 상처를 드렸다는 점이다.

내가《홍당무》, 이 작품에서 가장 인상 깊었던 것은 그 어느 부분보다도 홍당무가 그 동안 억눌려 왔던 감정을 아버지에게 터놓고 이야기하면서 아버지와 공감대를 형성해 가는 과정이었다. 그렇게 내면적으로 고통받던 홍당무가 아버지와의 대화로 자신의 아픔을 이겨 나가는 과정을 보면서 가족 간의 대화와 관심이 얼마나 소중한 것인가를 느낄 수 있었다.

나도 생각해 보면 부모님과 진실한 대화를 하고 싶었던 적이 있었다. 하지만 그 때마다 오히려 내가 그것을 거부하고 투정과 짜증만 부렸던 것이 떠올라 작품 속 홍당무와 비교되면서 정말 부끄럽게 느껴진다. 아무리 가족이지만 중요한 것은 상대방에 대한 배려와 진실된 대화를 하려는 노력인 것 같다. 나는 아직은 성인으로 커 가는 과정 속의 어린 학생이지만 이런 과정 속에서 나를 지켜 주고 내게 버팀목이 되는 것은 가족임을 항상 되새기고 앞으로는 부모님께 먼저 다가가 솔직하게 내 마음을 표현해야겠다.

홍당무가 가지고 싶었던 관심과 사랑을 나는 벌써 넘치게 받고 있으니 나는 정말 행복한 사람이다. 왜 여태까지 그것을 느끼지 못했을까. 이 깨달음이 홍당무가 내게 준 큰 선물인 것 같다.

▎독후감 2 ▎ 쥘 르나르의 자전적 성장 소설

《홍당무》를 읽으면서 많은 것을 느낄 수 있었고, 가족에 대해서 진지하게 생각해 볼 수 있는 소중한 작품이었다. 이 책을 두 번 읽었는데, 처음에는 그저 이야기가 짧으면서도 재미있다고 생각하며 읽었다. 하지만 두 번째 읽을 때는, 가족 간에 소중한 것이 무엇인지, 필요한 것이 무엇인지 깨달을 수 있었고, 이 책이 말하려는 바를 느낄 수 있었다.

홍당무는 작가 쥘 르나르의 어린 시절을 모델로 한 작품으로, 49편의 에피소드를 수록한 것이다. 그 내용의 대부분은 부모와 누나, 형, 홍당무 사이의 사건을 주제로 하고 있다. 홍당무라고 불리는 소년의 생각과 욕망, 행동 등이 잘 그려져 있으며, 특히 홍당무에 대한 어머니의 태도와 어머니에 대한 홍당무의 갈등이 작품의 기본 골격을 이루고 있다.

홍당무는 르픽 가의 막내로 태어났다. 누나 에르네스틴과 형 펠릭스는 어머니의 귀여움을 받고 있으나, 붉은 머리카락에 주근깨 투성이인 홍당무는 어쩐 일인지 어머니의 미움을 받는다. 특히 형 펠릭스와 차별 대우를 받고 있다.

어머니는 허드렛일을 모두 홍당무에게 시키고, 먹을 것도 넉넉히 주지 않는다. 홍당무는 자기에 대한 어머니의 감정이나 대하는 요령을 간파하고 있으면서 여러 가지로 그에 대항하는 수단을 생각해 내어 어머니의 비위를 맞추거나 때로는 선수를 치거나 속이기도 한다. 아버지는 집을 비우고 가정의 번거로운 일에는 참견하는 것을 꺼려하므로 집에서 홍당무의 편을 들어 줄 사람은 없다. 오직 대부 아저씨만이 동정해 주고 있어 홍당무는 억울한 기분을 그에게 토로한다.

내가 이 책을 다시 읽으면서 느낀 것은 나의 현실과 주인공 홍당무의 현실이 너무 비슷하여 그 처지를 공감할 수 있다는 사실이었다. 홍당무만큼 찬밥 신세는 아니지만 내게도 가족은 홍당무와 비슷한 소외감을 느끼게 하는 존재이기 때문이다. 특히 홍당무가 어머니에게 느끼는 감정이 내가 어머니에게 느끼는 감정과 비슷했다. 사실 나는 홍당무와 말할 수 없는 동질감을 느꼈고 그래서 그의 상황이 더욱 서글퍼지기도 했다. 그래서 '저런 상황에서 나라면 어떻게 했을까? 홍당무의 괴팍한 행동을 보며 그 부모나 형제는 어떤 생각을 했을까?' 하는 생각을 하며 읽었는데, 나중에 다 읽고 나서 느낀 점은 가족 간에는 일방적인 노력만이 아닌 함께 노력해야 된다는 사실이었다. 하지만 홍당무의 어머니가 홍당무를 '원래 저런 애야.' 하고 치부해 버리는 태도는 정말 마음에 안 들었고 분명히 잘못이 있다고 느껴졌다. 그리고 홍당무 역시 가족들이 자기를 미워한다고 단정하고 어떻게 해도 싫어할 거라며 괴팍하게 행동하는 것은 잘못이라는 생각이 들었다. 내가 가족에게 느끼는 소외감도 홍당무와 유사했지만 그 속에서 나도 홍당무와 같은 잘못을 저지르고 있었던 것은 아닐까 하는 생각을 해 보았다.

책을 통해 만난 홍당무에게서 나는 '집에서 가족이라고 너무 함부로 대한 적은 없는지, 어머니가 날 미워할 거라고 지레짐작해서 먼저 미움을 살 행동을 한 적은 없는지 돌아보라.'는 메시지를 읽었다. 이 책을 통해 그 동안 잊고 지냈던 가족의 소중함과 더불어 내 스스로 무언가 반성하고 고칠 점은 없는지 돌아볼 수 있는 좋은 기회가 되었다고 생각한다.

  나 역시 가족들을 이해하려는 노력이 부족했던 것 같다. 오직 가족에게 특히 어머니에게 사랑받기만을 원했고 그게 내 생각에 못 미쳐서 서러웠고 소외감을 느끼기도 했다. 가족이 내게 다가올 것을 기대할 것만이 아니라 내가 먼저 노력하고 다가가야겠다. 홍당무가 극복해 낸 것처럼 나도 먼저 용기를 내서 어머니에게 다가가 솔직히 내 감정을 표현하고 또 반대로 내가 어머니를 이해하는 것도 필요하다는 것을 깨닫게 되었다. 너무 쉽게 "내 어머니, 가족들은 나에게 관심 없어." 이렇게 판단하고 실망해 버린 나였지만 홍당무가 어려운 상황 속에서도 자신의 처지를 극복하는 모습이 큰 힘이 되고 가르침이 되었다. 홍당무와 비교한다면 나의 노력은 정말 많이 부족했던 것이다.

독후감 제대로 쓰기

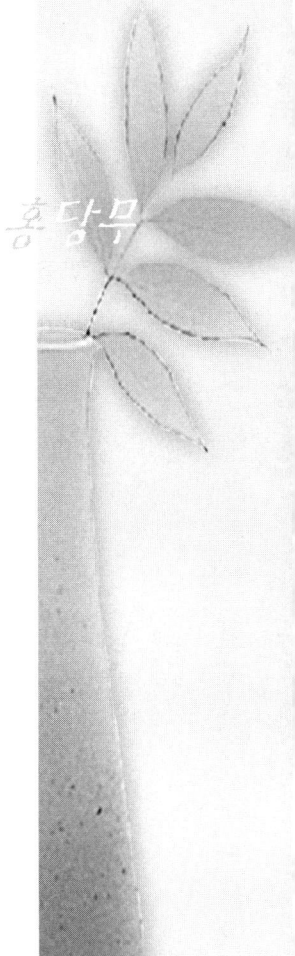

1 책을 읽기 전에

우리는 책을 통해서 지식을 쌓고 학문을 연마하게 됩니다. 또한 교양을 얻고 수양을 쌓게 되지요. 그리하여 즐겁고 보람 있는 생활을 할 수 있는 것입니다. 이러한 습관이 지속된다면 이것이 곧 나의 생활 자체가 되고, 책을 읽는 시간이 얼마나 가치 있고 즐거운 시간인지 깨닫게 될 것입니다.

독후감을 쓰기 위해서는 책을 읽어야 함은 말할 것도 없습니다. 그러나 아무 책이나 읽는다고 다 좋은 것은 아닙니다. 특히 중학생은 아직 양서를 구별할 만한 충분한 지식을 갖추지 못했기 때문에 선생님 혹은 부모님, 그리고 선배들이 권하는 책이나, 이미 국내적으로나 세계적으로 잘 알려진 명작이나 명저를 찾아 읽는 것이 바른 방법이라고 볼 수 있습니다. 예컨대 사회적으로 존경받을 만한 사람들의 일대기를 그린 위인전이나 자서전 같은 것은 읽을 가치가 있으며, 명시 모음집이나 명작 소설, 특정한 분야의 관찰기, 평론집 같은 것도 좋은 읽을거리가 될 수 있습니다.

그럼 효율적인 독서를 위해서 유의해야 할 점을 알아볼까요?

첫째, 본문을 읽기 전에 책의 앞부분에 있는 머리말이나 해설하는 글을 먼저 정독합니다. 그러면 책을 쓰게 된 동기나 평가 등에 대하여 잘 알 수 있게 되죠.

둘째, 목차를 잘 살펴봅니다. 목차에서 그 책의 내용이 어떻게 전개될 것인가에 대해 미리 파악할 수 있기 때문입니다.

셋째, 본문을 읽기 시작하면, 그 중에 잘 모르는 단어나 문구가 나오기 마련입니다. 그런 것은 곧 사전을 찾아 뜻을 알아두어야 합니다. 그런 것을 무시했다가는 자칫 전체를 이해하지 못하는 오류를 범할 수 있거든요.

넷째, 각 문단별로 소주제가 무엇인지를 파악하고, 그 줄거리를 요약하는 습관을 길러야 합니다. 특히 필자가 표현하려는 것과 그 뒷받침되는 내용이 무엇인지 알아내는 것이 필수겠지요.

다섯째, 글의 배경은 무엇인지, 앞뒤 맥락이 어떻게 이어지고 있는지를 잘 생각하면서 읽어야 합니다. 그리고 소설일 경우에는 주인공과 등장인물들의 성격이나 특성을 파악해야 하지요.

여섯째, 다 읽은 다음에는 줄거리를 만들어 보고, 전체적인 주제가 무엇인지 정리하는 작업도 필요합니다.

2. 책을 감상하는 방법

책을 읽을 때는 내용을 진지하게 파고들어 가며 읽어야 합니다. 즉 자기의 현재 생활과 비교해 가며 생각의 폭과 사고를 넓히는 것이 중요하답니다. 그리고 작품의 문체 · 제목 · 주제 · 논제 등도 염두에 두고 읽으면 독후감을 쓰기가 좀더 수월해집니다.

그리고 저자가 강조하고 있는 내용과 사건들이 현재 우리 사회에 어떤 의미를 가지고 있으며 어떻게 발전시켜 나가야 할 것인가를 생각하며 읽습니다. 더불어 저자가 작품에서 강조하려고 하는 것이 무엇인가를 파악하며 읽을 필요가 있습니다. 그렇다고 굉장한 부담을 느끼면서 책을 읽을 필요는 없습니다. 책 읽는 것 자체를 즐긴다면 그리 깊게 생각하지 않아도 작가가 말하려는 바를 깨닫게 될 테니까요.

그렇다면 각 문학 장르에 따라 어떤 점에 유념하여 책을 읽어야 하는지 알아볼까요?

｜소설｜ 작품의 주제를 파악하고 작중 인물의 성격과 배경을 생각하며 주인공이 어떻게 변화되어 가고 있는가를 염두에 두고 읽습니다. 자신의 생각이나 현실과 결부시켜 보는 것도 재미를 배가시켜 줄 거예요.

｜시｜ 선입견 없이 그대로 느낌을 받아들이며 읽습니다.

｜희곡｜ 무대 상연을 전제로 하여 쓰여진 것이기 때문에 시간적·공간적 제약을 받는다는 것을 염두에 두어야 합니다.

｜역사 소설｜ 인물·사건 등을 작가가 상상력에 의존하여 구성한 글로서, 항상 계몽사상이나 민족의식 고취 등 어떤 목적이 들어 있는지를 파악하며 읽어야 합니다.

｜역사｜ 역사는 역사 소설과는 구분지어야 합니다. 이것은 정

확한 기록으로 글쓴이의 주관적 해석이 들어 있을 수 없으며, 시간의 흐름에 따라 사건을 나열한 것임을 생각해야 합니다.

▎**수필**▎ 지은이의 인생관이 들어 있습니다. 심리적 부담감이 적으므로 편안한 마음으로 읽을 수 있습니다.

▎**전기문**▎ 인물의 정신, 자취, 시대적 배경과 사회적 환경을 먼저 파악해야 합니다.

▎**과학 도서**▎ 미지의 세계에 대한 탐구심, 합리적 사고력 배양, 지식과 정보의 입수, 창의력을 기르는 데 도움이 되므로 평소 이에 대한 흥미를 갖는 것이 중요합니다.

③ 독후감이란 무엇인가?

독후감은 말 그대로 어떤 글이나 책을 읽고, 그에 대한 느낌이나 생각을 쓰는 것입니다. 좋은 책을 읽고 그것을 정리해 두지 않는다면 곧 그 내용을 잊어버려, 독서를 한 만큼의 가치를 얻지 못할 수도 있으니까요. 그러므로 한 권의 책을 읽으면 곧 그 책의 내용을 정리하고, 느낌이나 생각을 적어 두는 것이 좋습니다.

독후감은 느낌이나 생각을 거짓 없이 써야 하나, 그렇다고 아무렇게나 써도 되는 것은 아닙니다. 즉 독후감도 글이므로 수필의 형식으로 쓰든, 논술의 형식으로 쓰든, 정확하게 읽고 주제와 내용에 맞게 써야 함은 물론이죠. 아무리 좋은 글이나 책이라도, 잘못 읽어 실제와 맞지 않는 생각이나 느낌을 쓰면 좋은 독후감이라고 할 수 없거든요. 그러므로 좋은 독후감을 쓰려면 독서를 잘해야 한다는 것이 전제됩니다. 독서를 잘하는 방법은 따로 있는 게 아니라, 그저 많이 읽다 보면 요령이 생기고, 이해도 쉽게 되며, 능률도 오르게 되는 것입니다.

독후감은 왜 쓰는가?

독후감을 쓰는 목적은 독후감을 작성함으로써 독서하는 능력이 향상되고 글 쓰는 훈련을 할 수 있기 때문입니다. 그러므로 독후감을 쓰기 위해 책을 읽으면 보다 깊은 생각을 하면서 책을 읽게 됩니다. 또한 책을 통해 생활을 반성하며, 책에서 얻은 지식과 감명을 음미하여 자기 생활에 적용시킬 수 있습니다. 문장력과 논리적 사고가 향상되는 것은 물론이고요! 그럼 독후감을 왜 쓰는지 다음과 같이 정리해 볼까요?

① 읽은 책의 내용을 되살려 다시 음미해 볼 수 있습니다.
② 감동을 간직하고 책 읽는 보람을 얻을 수 있습니다.
③ 책을 통해 지식을 심화시킬 수 있습니다.
④ 책을 통해 자신의 문제를 연관지어 볼 수 있습니다.

⑤ 글을 써 봄으로 해서 생각을 깊이 있게 할 수 있습니다.
⑥ 독서 목표를 확실히 할 수 있습니다.
⑦ 작품에 대한 비판력과 변별력을 기를 수 있습니다.
⑧ 생각을 조리 있게 쓸 수 있는 작문력을 향상시켜 줍니다.
⑨ 사고력과 논리력, 추리력을 기를 수 있습니다.
⑩ 바르게 책을 읽는 습관을 형성할 수 있습니다.

독후감을 쓰기 전에 생각하기

독후감은 수필의 형식이든 논술의 형식으로든 쓸 수 있다고 했는데, 사실 이 둘의 차이는 모호합니다. 다만, 수필이 자유롭게 붓 가는 대로 쓰는 것이라면 논술은 논리 정연하게 쓴다는 점이 다르다고 할 수 있습니다.

붓 가는 대로 자유롭게 수필의 형식으로 쓰는 독후감이라도 글의 앞뒤가 맞지 않는다든지, 주제가 통일되지 않으면 좋은 평가를 받을 수 없습니다. 논리 정연하게 쓰는 독후감이라면, 서론·본론·결론으로 나누어 서술해야 함은 물론이구요.

서론에 해당되는 부분에서는 그 책에 대한 소개나 쓴 사람의 생애, 또는 특기할 만한 일화 같은 것을 적는 것이 일반적입니다.

본론에 해당하는 부분에서는 그 책을 읽고 특별히 다루려는 내용을 체계적이고 구체적으로 써야 합니다.

결론에서는 본론에서 다룬 내용을 요약하거나, 자신이 읽은 후의 감상, 그 책의 좋은 점, 나쁜 점 등을 들어서 마무리를 해야 합니다.

독후감은 짧게 쓰는 것이 상례이므로, 작품 전체를 거론하기보다는 특정한 주제를 잡아서 쓰는 것이 좋습니다. 보편적으로 다룰 수 있는 몇 가지 주제를 제시해 보면 다음과 같습니다.

첫째, 작가의 의식이나 주인공의 언행, 성격과 연관지어 주제를 구현시키는 방법입니다.

문학 작품이라면 주제가 애정이나 애국, 의리나 배반일 수 있으므로 이러한 점에 초점을 두고 써야겠지요. 또한 과학이나 업적에 관계된 것이라면, 그 발명의 의의나 연구자의 노력과 관련시켜 서술해야 하겠지요.

둘째, 저자의 이념이나 생애, 업적에 관심을 두고 쓰는 방법입니다.

그 작품을 통하여 알 수 있는 저자의 철학이나 사상 또는 저자가 그 작품을 남기기까지의 역경이나 작품을 쓰게 된 동기, 작품의 가치나 다른 작품에 미친 영향 등 작품과 연관시켜 쓰는 것이지요.

셋째, 작품의 내용을 중심으로 기술합니다

예컨대, 작품 속 주인공의 성격을 분석하거나 다른 사람과 비교해 볼 수도 있고, 그 작품의 사건이나 시대적 배경을 논의하거나, 작품의 구성 같은 것에 초점을 두고 이야기할 수도 있습니다.

이와 같이 작품을 읽기 전에 먼저 어떤 점에 중점을 두고 독후감을 쓸 것인가를 염두에 둔다면, 그렇지 않은 경우보다 훨씬 이해가 쉽고, 나중에 독후감을 쓰는 데도 도움이 될 것입니다.

독후감의 여러 가지 유형

1. 처음에 결론부터 쓴 다음 왜 그러한 결론이 도출되었는지 감상을 자세하게 쓰거나, 감상을 먼저 쓰고 결론을 씁니다.
2. 책을 읽게 된 동기부터 설명하고 글 중간에 자기의 감상을 씁니다.
3. 저자나 친구에 대한 편지 형식으로 감상을 쓰거나 주인공에게 대화 형식으로 씁니다.
4. 시(詩)의 형태로 감상문을 씁니다.
5. 대화문(對話文) 형식으로 씁니다.
6. 줄거리부터 요약한 다음 자기의 느낌이나 생각을 씁니다.

1 독후감을 구체적으로 쓰는 방법

어렵게 쓰겠다는 생각은 하지 말고 쉽게 써야겠다는 마음가짐을 가져야 좋은 글이 나올 수 있습니다. 그리고 무엇보다 감상문을 쓰기 전에 무엇을 어떻게 쓸까 조목별로 골자를 먼저 쓰고, 이 골자에 살을 붙이는 방법으로 쓰려고 노력해야 합니다. 이때 의도적으로 아름답게 잘 쓰려고 하지 않는 것이 좋습니다. 자, 그럼 더 자세하게 알아볼까요?

1. 먼저 제목을 붙입니다.
2. 처음 부분(머리글)을 씁니다.
    - 책을 읽게 된 이유나 책을 대했을 때의 느낌을 씁니다.
    - 자신의 생활 경험과 관련지어 써 봅니다.
    - 제일 감동받은 부분을 씁니다.
    - 지은이나 주인공을 소개하는 글을 씁니다.
3. 가운데 부분을 씁니다.
    - 자기의 생활과 견주어 씁니다.
    - 주인공과 나의 경우를 비교해서 씁니다.
    - 시시비비를 분명히 가려야 합니다.
    - 가장 극적이었던 부분을 소개합니다.
4. 끝부분을 씁니다.
    - 자신의 느낌을 정리합니다.

🔊 자신의 각오를 씁니다.

독후감을 쓴 다음에는 다음과 같은 추고의 과정이 필요합니다.

첫째, 쓴 글을 다시 한 번 읽으면서 맞춤법이나 표준어 규정에 어긋나는 것은 없는지 살펴봐야 합니다.

둘째, 문장이 잘 구성되어 있는지, 또 문단이 잘 짜여져 있는지 알아보아야 합니다. 한 문단에는 소주제문과 보조문들이 있어야 하는데, 그런 점이 잘 지켜져 있는지 유의해야 합니다.

셋째, 글 전체의 구성이 잘 이루어졌는지 살펴봅니다. 예를 들어 서론에 해당하는 부분이 지나치게 길다든지, 결론에 해당하는 부분이 너무 짧다든지, 전체적인 구성이 균형을 잃고 있다면 다시 고쳐 써야 하겠지요.

우리가 시간을 들여 열심히 책을 읽고 난 후 독후감을 잘 쓰기 위해서는 책을 읽고 있는 동안의 느낌을 잊지 않고 글로써 표현할 줄 알아야 하며, 책을 읽고 가장 감명받은 부분을 기억하고 있어야 합니다. 또한 다른 사람들은 어떻게 독후감을 썼는지 남의 것을 읽어 보고, 자신의 것과 비교해 보며 자주 글을 써 보는 것이 중요합니다. 그렇게 하다 보면 자신만의 개성 있는 필치로 독특한 감상문을 쓸 수 있게 되지요. 학교에서 아무리 독후감 숙제를 내주어도 부담없이 즐거운 기분으로 끝낼 수 있을 겁니다!

8 그 밖에 알아두면 유익한 것들

┃독후감 쓰기 10대 원칙┃

1. 자신의 수준에 맞는 책을 선택합시다.
2. 독후감 쓰는 형식이 있기는 하지만 너무 거기에 구애받을 필요는 없습니다.
3. 자신이 작가라면 어떻게 글을 이끌어갈지를 생각하며 읽어 봅시다.
4. 평소 음악 평론이나 영화 평론을 많이 읽어 봅시다.
5. 읽으면서 마음에 와닿는 것이 있다면 따로 적어 둡시다.
6. 현대 사회의 문제점과 비교하면서 읽어 봅시다.
7. 모르는 것이 있으면 적어 두는 습관을 기릅시다.
8. 신문 사설이나 칼럼을 스크랩해서 필요할 때 사용합시다.
9. 요약하는 데에만 집착하지 말고 제대로 책을 읽읍시다.
10. 읽은 후에는 꼭 독후감을 직접 써 봅시다.

┃책을 읽는 10가지 방법┃

1. 아주 어릴 때부터 책과 친하게 지내는 습관을 기릅시다.
2. 너무 속독하려 하지 말고 담겨진 내용을 충실히 읽는 습관을 기릅시다.
3. 항상 작품이 나와 어떠한 상관 관계가 있는지 체크를 해 가

며 읽읍시다.

4. 무조건 책장을 넘길 것이 아니라 시시비비를 가려 가면서 읽읍시다.

5. 매일매일 조금씩이라도 책을 읽는 습관을 들입시다.

6. 책 속에 담긴 뜻을 음미하고 되새기면서 읽읍시다.

7. 너무 자신의 취향에 맞는 책만 읽지 말고 다양한 장르의 책을 골고루 읽도록 합시다.

8. 책 속에 담겨진 교훈을 깊이 생각하고 생활에 적용시킵시다.

9. 책에 따라 읽는 방법을 달리하는 습관을 들입시다. 모든 책이 만화책은 아니기 때문이죠.

10. 바른 자세로 앉아 눈과의 거리를 30cm 두고 밝은 곳에서 읽읍시다.

9 원고지 제대로 사용하기

┃ 제목 및 첫 장 쓰기 ┃

1. 제목은 석 줄을 잡아 둘째 줄 가운데에 씁니다.

2. 1행 2칸부터 글의 종별을 표시합니다. 가령 수필이면 '수필'이라고 씁니다. 간혹 글의 종별을 비워 두는 경우가 많은데 이는 적는 것을 잊었거나, 원고지 사용법에 무관심하기 때문입니다.

3. 제목을 쓸 때에는 마침표를 찍지 않고, 물음표와 느낌표는 붙이지 않는 것이 좋습니다.

4. 제목에 줄임표는 사용하지 않는 것이 상례입니다.

5. 이름은 넷째 줄 끝에 두 칸 정도를 남기고 씁니다. 특별한 경우에는 서너 칸을 남겨도 됩니다.

6. 성과 이름은 붙여 씁니다. 다만, 성과 이름을 분명히 구별할 필요가 있을 경우에는 띄어 쓸 수 있습니다. 예) 임채후(○), 남궁석(○), 남궁 석(○)

7. 본문은 여섯째 줄부터 쓰는 것이 좋습니다. 단, 특수한 작문인 경우는 넷째 줄부터 본문을 시작해도 상관없습니다.

8. 학교 이름이나 주소가 길 경우에는 세 줄로 쓸 수 있습니다.

9. 주소는 보통 표제지에 기재하고 원고지 첫 장에는 제목과 성명만 간단하게 적는 것이 상례입니다.

10. 성명의 각 글자는 시각적 효과를 위해 널찍하게 한두 칸씩 비워 써도 무방합니다.

11. 학교 앞에 지명을 기입할 때는 학교명을 모두 붙여 써서 지명과 학교명의 구분을 명확히 해 주는 것이 좋습니다.

▮ 첫 칸 비우기 ▮

1. 각 문단이 시작될 때는 첫 칸을 비우고 씁니다.

2. 대화체의 경우는 첫 칸을 비우고 씁니다.

3. 인용문이 길 때는 행을 따로 잡아 쓰되, 인용 부분 전체를 한 칸 들여서 씁니다.

4. 첫째, 둘째, 셋째 등으로 이야기를 전개해야 할 때는 시작할 때마다 첫 칸을 비울 수 있습니다. 단, 그 길이가 길거나 제시된 내용을 선명하게 하고자 할 때 비워 둡니다.

5. 시는 처음 두 칸 정도 줄마다 비우고 씁니다.

▌ 줄 바꾸기 ▌

1. 문단이 바뀔 때는 줄을 바꾸어 씁니다.

2. 대화는 줄을 새로 잡아 씁니다.

3. 인용문을 시작할 때는 줄을 바꾸어 씁니다. 단, 그 길이가 길 때 한해서입니다.

4. 대화나 인용문 뒤에 이어지는 지문은 글이 다시 시작되는 것이므로 한 칸을 들여 씁니다. 단, 이어 받는 말로 시작되는 지문은 첫 칸부터 씁니다.

▌ 문장 부호 및 아라비아 숫자, 영문자 ▌

1. 문장 부호는 한 칸에 하나씩 넣는 것이 원칙입니다.

2. 아라비아 숫자는 한 칸에 두 자씩 넣습니다.

3. 한자(漢字)로 쓸 때는 띄어 쓰지 않습니다. 그러나 한자와 한글이 함께 쓰이면 띄어 쓰기를 합니다.

4. 마침표(.)와 쉼표(,) 다음에는 통례상 한 칸을 비우지 않으며, 느낌표(!), 물음표(?) 다음에는 통례상 한 칸을 비웁니다.

5. 행의 첫 칸에는 문장 부호를 쓰지 않습니다. 첫 칸에 문장 부호를 써야 할 경우는 그 바로 윗줄의 마지막 칸에 글자와 함께 씁니다.

6. 영문자의 경우, 대문자는 한 칸에 한 글자, 소문자는 한 칸에 두 글자씩 넣습니다.

10 문장 부호 바로 알고 쓰기

1. 마침표 : 문장을 끝마치고 찍는 문장 부호로 온점(.), 물음표(?), 느낌표(!)를 이르는 말입니다.

2. 쉼표 : 문장 중간에 찍는 반점(,) 가운뎃점(·) 쌍점(:) 빗금(/)을 이르는 말입니다.

3. 따옴표 : 대화, 인용, 특별어구를 나타낼 때 쓰는 문장 부호로 큰따옴표(" ")와 작은따옴표(' ')를 씁니다.

4. 그 밖의 문장 부호 : 물결표(~)는 '내지(얼마에서 얼마까지)'라는 뜻에 씁니다. 줄임표(……)는 할말을 줄였을 때와 말이 없음을 나타낼 때 씁니다.

11 마치며

　초등학교나 중학교에서는 독후감이라는 말을 사용하지만 고등학교에 가게 되면 독후감이라는 말보다는 아마 논술이라는 말을 더 많이 쓰고 더 많이 듣게 될 것입니다. 논술이란 말 그대로 어떠한 논제를 가지고 논리적으로 서술하는 것을 말하는데, 이는 하루아침에 이루어지지 않습니다. 다양한 분야의 많은 것을 폭넓고 깊이 있게 알고, 주관을 뚜렷이 할 때만이 논술을 잘 쓰게 되는 것이지요. 그러기 위해서는 중학교 시절부터 많은 책을 읽어 보고 스스로 글을 써 보는 훈련을 하는 것이 중요합니다.

　실제로 고등학교에 가면 교과목 공부에도 시간이 모자라 제대로 책을 읽을 시간이 없거든요. 무엇을 알아야 글을 쓸 것이고, 자신의 주장을 피력할 것 아니겠어요? 그러니 중학생 시절부터 좋은 책을 많이 읽어 보고, 생각해 보며, 글을 써 보는 노력을 하는 것이 여러분의 미래를 더욱 밝게 해 줄 것입니다. 아마 그렇게 한 사람은 그렇지 않은 사람보다 10리쯤 앞서 나가지 않을까 생각되는데 여러분 생각은 어떠세요?

┃성 낙 수┃
한국교원대 교수, 연세대학교 졸업, 동 대학원에서 석사·박사 학위 받음.

┃임 현 옥┃
부여여자고등학교 교사, 공주대학교 졸업, 현재 한국교원대학교 대학원에 재학중.

┃이 승 후┃
경주 감포중학교 교사, 영남대학교 졸업, 현재 한국교원대학교 대학원에 재학중.

판권본사소유

중학생이 보는
홍당무

초판 1쇄 발행　2006년 2월 15일
초판 3쇄 발행　2009년 7월 30일

지 은 이　쥘 르나르
그 린 이　펠릭스 발로통
옮 긴 이　김붕구
엮 은 이　성낙수 · 임현옥 · 이승후
펴 낸 이　신원영
펴 낸 곳　(주)신원문화사
책임편집　박소연, 이선희

주　　소　서울시 강서구 등촌 1동 636-25
전　　화　3664—2131~4
팩　　스　3664—2130

출판등록　1976년 9월 16일 제5-68호

＊잘못된 책은 바꾸어 드립니다.

ISBN 89-359-1331-6　43860

논술대비 중학생 독후감 필독선

1	어린 왕자	26	님의 침묵
2	상록수	27	태평천하
3	젊은 베르테르의 슬픔	28	채근담
4	무 정	29	대위의 딸
5	로미오와 줄리엣	30	팡 세
6	마지막 잎새	31	청포도
7	메밀꽃 필 무렵	32	구운몽
8	주홍 글씨	33	햄 릿
9	붉은 산	34	논 어
10	작은 아씨들	35	허클베리 핀의 모험
11	하늘과 바람과 별과 시	36	맹 자
12	B사감과 러브레터	37	오만과 편견
13	그리스 로마 신화	38	무영탑
14	벙어리 삼룡이	39	여자의 일생
15	아버지와 아들	40	삼 대
16	로빈슨 크루소	41	춘향전
17	날 개	42	흥부전·옹고집전
18	독일인의 사랑	43	홍길동전·별주부전·장끼전
19	아Q정전	44	심청전·장화홍련전
20	마지막 수업	45	난중일기
21	진달래꽃	46	금오신화
22	동백꽃	47	양반전
23	인형의 집	48	백범일지
24	변 신	49	혈의 누·자유종
25	목걸이	50	금수회의록·추월색

중학생 독후감 필독선

51	국선생전	76	금강산유기
52	전원교향악	77	지킬 박사와 하이드
53	탈무드	78	한여름 밤의 꿈
54	삼국유사	79	만세전
55	모란이 피기까지는	80	레디메이드 인생
56	향 수	81	목민심서
57	이솝우화	82	인현왕후전
58	안네의 일기	83	도련님
59	리어 왕	84	삼국사기 열전
60	사씨남정기	85	홍당무
61	외 투	86	맥베스
62	큰 바위 얼굴		
63	낙엽을 태우면서		
64	사람은 무엇으로 사는가		
65	보물섬		
66	베니스의 상인		
67	계축일기		
68	야간 비행		
69	검은 고양이		
70	박씨부인전		
71	유 령		
72	어린 벗에게		
73	동물농장		
74	사랑의 선물		
75	탈출기